◎

中华传统文化观止丛书

◎

中华传统文化观止丛书

ZHONGHUA CHUANTONG WENHUA GUANZHI CONGSHU

唐五代文观止

本书编委会 编

学林出版社
www.xuelinpress.com

新版前言

《中华传统文化观止丛书》是学林出版社于1995年12月出版的一套大型选本，包括《中华古诗观止》《中华古文观止》《中华古词观止》《中华古曲观止》共四部。1996年，本丛书荣获第十届中国图书奖。

在这套丛书出版二十年之际，我社决定在原书的基础上做增补校订，重新出版。古诗部分，约请骆玉明教授撰写了导读，李梦生编审补充了一些注释，其余各册，一仍其旧。为了方便读者的阅读，本丛书的版式也作了大幅度的调整，注释从尾注全部改为脚注；以作者为纲，以作品为目，按朝代分体，依序排列，每篇都附以题记。然后，将原来四大部的丛书重新排列成二十四本，详见总目。

本丛书之所以称为观止，按原出版前言的说法：一是“叹为观止”，所收的内容皆为精华，且具代表性；二是“观到此为止”，亦即一般的中等文化水平以上的读者读了它便可对中国传统文化有一个概略的了解，即可到此为止。此次出版，除了这两点想法不变之外，更想让广大中小学生在这些变得相对浅近而短小简洁的单本中，做一学生时代的“观到此为止”，庶几不至有数典忘祖的危险，若能做到此，本丛书也算达成了它的又一次的历史功能。二十年后，作者还是那批作者，编辑还是那些编辑，读者却从广大读者延伸向中小学生。愿再过二十年，这套丛书还能让那时的中小学生接着使用，而他们的父辈又可以跟他们讲：瞧，这就是我当年读过的书。

学林出版社

2015年8月

原版前言

中共中央关于《爱国主义教育实施纲要》提出，要让广大干部群众，尤其是广大青少年了解历史，了解祖国，知我中华，爱我中华，兴我中华，激发爱国主义的热烈情感，增强历史使命感和社会责任感。要进行中华民族优秀传统文化教育，用中华民族灿烂文明中所蕴含的崇高的民族精神、民族气节和传统美德，教育、感染广大青少年。为此，我社决定出版一套中华传统文化观止系列丛书。

中国有五千年有文字可考的历史。这五千年中，先人给我们积累了数以十万计的文化典籍。这是我们的光荣和骄傲，但一不小心，也可能成为我们的包袱。早在两千多年前，古人面对比我们少得不知多少的典籍，已经发出了这样的慨叹："吾生也有涯而智也无涯，以有涯随无涯，殆矣。"如果我们剔除其中的消极成分，应该承认，这话说得很有道理。试想，以几十年匆匆的生命，要想览尽无涯的历代典籍，吸尽知识海洋，怎么可能？更何况我们处在"知识爆炸"的今天，有那么多现代知识需要我们去学习，去吸收。

我们要珍视五千年文明史积累下来的文化遗产，因此，需要了解，需要继承；

我们又不能全盘照收五千年积累的文化遗产，因此，需要选择，需要剔除。

这是一种矛盾，是一种必须进行的艰难的选择。

试着解决这种矛盾，我们策划了这套观止丛书。

所谓"观止"，包含两层意思：一是"叹为观止"，即所收的内容应是中国传统文化的精华，是有充分代表性的东西。二是"观到此为止"，即一般的中等文化水平及以上的读者，只要拥有它，便可"尝一脔而知全味"，对中国传统文化有一个概略的了解，如果不想作专门的研究，即可到此为止，庶几不至于有"数典忘祖”的危险。如果有人要继续深造，也可以此为出发点，登堂入室，到传统文化的大海中去搏击遨游。

为此，我们设想，这套观止丛书的选收范围上自先秦，下迄清末民初，以古典文学为主，兼及艺术、音乐、美术、历史、科学等，分专题出版，总计约收一千万字。以每天读五千字计，大约七年时间即可从头到尾读完。对普通读者来说，也许还是太多了一点。但中华传统的文化宝库实在过于丰富，再少便很难反映其真实面貌。好在对于不同的读者，仍完全可以有选择、有重点地读，或把它们当作准工具书查阅，还是有着相当广阔的选择自由的。

为了保证这套观止丛书的代表性与权威性，编选者与本社同人努力做到：一、选目尽量求精。除各书均由中青年骨干学者实际操作外，还特聘全国著名的学者、专家主持选目工作。不仅收入脍炙人口的名作，还努力发掘新的内容。二、评注尽量简明。以原作为主，不搞喧宾夺主的“鉴赏”，也不搞“今译”，让读者享受一种自己咀嚼、消化的乐趣。三、适当加入附录。主要是资料性的内容，与正文互为补充，藉以为读者提供方便。四、装帧尽量精美，使之既可供实用，又能成为居室的美化装潢品和赠送的礼品和奖品。

这套观止丛书将分批推出，现在呈献给读者的是第一辑：《中华古文观止》、《中华古诗观止》、《中华古词观止》、《中华古曲观止》。这里所说的“古”，是“古代”的意思，想必读者一定能够理解。

希望这套书能为全国的爱国主义教育做出小小的贡献。热诚欢迎广大读者多提意见和建议，以便不断修订，做到精益求精。

学林出版社

选　目

黄　珅　　刘永翔

撰　稿

蒋维崧　　笑　吟　　周圣伟　　朱幼文

目录

魏徵(580—643)　唐初政治家。字玄成。祖籍巨鹿下曲阳(今河北晋县西),后居相州内黄(今属河南)。少孤贫,出家为道士。隋末参加瓦岗起义军。降唐后,为太子洗马。太宗时,历任谏议大夫、侍中,封郑国公。前后进谏二百余事,多被采纳。曾主修《隋书》,主编《群书治要》。有《魏郑公集》。言论多见于《贞观政要》。

十　思　疏[①]

【题解】

唐"贞观之治"共二十三年。在前期,唐太宗励精图治,抚民以静,又能广开言路,择善而从,很快使天下大治。但随着一片赞颂之声,他渐恶直言,在纳谏与用人方面首先发生变化。面对这一形势,魏徵在贞观十一年四次上疏进言(人称《论时政疏》,本文即其二),围绕"居安思危,戒奢以俭"的中心思想,规劝太宗善始慎终,虚心纳谏,赏罚公正,知人善任,崇尚节俭,珍惜民力。文章以"思"为线索,排列所论问题为十思,联缀论述,结构缜密,说理透彻。

臣闻求木之长者,必固其根本;欲流之远者,必浚其泉源;思国之安者,必积其德义。源不深而望流之远,根不固而求木之长,德不厚而思国之理,臣虽下愚,知其不可,而况于明哲乎!人君当神器之重[②],居域中之大[③],将崇极天之峻,永保无疆之休[④]。不念居安思危,

---

① 选自《贞观政要·君道》。② 神器:帝位。③ 域中:天地之间。④ 休:美好。

戒奢以俭，德不处其厚⑤，情不胜其欲，斯亦伐根以求木茂，塞源而欲流长者也。

凡百元首，承天景命⑥，莫不殷忧而道著⑦，功成而德衰。有善始者实繁，能克终者盖寡⑧，岂取之易而守之难乎？昔取之而有余，今守之而不足，何也？夫在殷忧，必竭诚以待下；既得志，则纵情以傲物。竭诚则胡越为一体⑨，傲物则骨肉为行路⑩。虽董之以严刑⑪，震之以威怒，终苟免而不怀仁⑫，貌恭而不心服。怨不在大，可畏惟人，载舟覆舟⑬，所宜深慎，奔车朽索⑭，其可忽乎！

君人者，诚能见可欲，则思知足以自戒；将有作⑮，则思知止以安人；念高危，则思谦冲而自牧⑯；惧满溢，则思江海而下百川；乐盘游⑰，则思三驱以为度⑱；忧懈怠，则思慎始而敬终；虑壅蔽，则思虚心以纳下；想谗邪，则思正身以黜恶；恩所加，则思无因喜以谬赏；罚所及，则思无因怒而滥刑。总此十思，弘兹九德⑲，简能而任之，择善而从之。则智者尽其谋，勇者竭其力，仁者播其惠，信者效其忠。文武争驰，君臣无事，可以尽豫游之乐⑳，可以养松乔之寿㉑，鸣

---

⑤ 处：在。 ⑥ 景命：授予王位的大命。 ⑦ 殷忧：深忧。道著：道行显著。 ⑧ “有善始者”两句：《诗经·大雅·荡》：“靡不有初，鲜克有终。”克：能够。 ⑨ 胡越：古代泛称北方、西方各族为胡，长江中下游南方各族为越。两者相距遥远。 ⑩ 行路：陌生路人。 ⑪ 董：督责。 ⑫ 苟免：苟且免刑。 ⑬ 载舟覆舟：《荀子·王制》：“君者，舟也；庶人者，水也。水则载舟，水则覆舟。” ⑭ 朽索：腐烂之绳。《尚书·五子之歌》：“予临兆民，懔乎若朽索之驭六马。” ⑮ 作：兴作，此处指大兴土木。 ⑯ 谦冲：谦虚。自牧：自我修养。 ⑰ 盘游：盘桓游乐，此指打猎。 ⑱ 三驱以为度：以一年田猎三次为限度。 ⑲ 九德：泛指一切德行。具体内容诸说不一，《逸周书·常训》作：“忠、信、敬、刚、柔、和、固、贞、顺。” ⑳ 豫游：安乐巡游。 ㉑ 松乔：赤松子、王子乔，传说中长寿仙人。

琴垂拱[22]，不言而化。何必劳神苦思，代下司职，役聪明之耳目，亏无为之大道哉[23]！

---

[22] 鸣琴：古代称颂政简刑轻为鸣琴而治。垂拱：垂衣拱手，喻无为而治。[23] 亏：损害。

（蒋维崧）

十渐不克终疏[1]

【题解】

贞观十三年，魏徵向唐太宗上了这篇奏疏。疏中列举太宗在十个方面不能克终尽美，指出根源在于恃功自傲，希望太宗能折情从谏，善始慎终。据说太宗阅后，深觉词强理直，便把它列为屏障，朝夕瞻仰，以示警戒。这篇文章，虽用偶句，但词旨剀切，气势雄骏，与六朝文俪黄妃白，迥然不同。以后陆贽奏议，即承此风。

臣观自古帝王受图定鼎[2]，皆欲传之万代，贻厥孙谋[3]。故其垂拱岩廊[4]，布政天下。其语道也，必先淳朴而抑浮华；其论人也，必贵忠良而鄙邪佞；言制度也，则绝奢靡而崇俭约；谈物产也，则重谷

---

[1] 选自《贞观政要·慎终》。[2] 受图定鼎：受天命定首都。传说黄龙负河图，出付黄帝，后世因称帝王受命登位为受图。又传夏禹铸九鼎，置于国都宗庙内，后世因称定都或建立王朝为定鼎。[3] 贻：传。厥：其。孙谋：谋及他们的子孙。[4] 岩廊：高峻的廊庙，此指朝廷。

帛而贱珍奇。然受命之初，皆遵之以成治；稍安之后，多反之而败俗。其故何哉？岂不以居万乘之尊⑤，有四海之富，出言而莫己逆，所为而人必从，公道溺于私情，礼节亏于嗜欲故也？语曰："非知之难，行之惟难；非行之难，终之斯难。"所言信矣。

伏惟陛下，年甫弱冠⑥，大拯横流，削平区宇⑦，肇开帝业⑧。贞观之初，时方克壮⑨，抑损嗜欲，躬行节俭，内外康宁，遂臻至治⑩。论功则汤武不足方⑪，语德则尧舜未为远⑫。臣自擢居左右，十有余年，每侍帷幄⑬，屡奉明旨。常许仁义之道，守之而不失；俭约之志，终始而不渝。"一言兴邦"，斯之谓也⑭。德音在耳，敢忘之乎？而顷年已来，稍乖曩志⑮，敦朴之理，渐不克终。谨以所闻，列之如左：

陛下贞观之初，无为无欲，清静之化，远被遐荒。考之于今，其风渐坠。听言则远超于上圣，论事则未逾于中主。何以言之？汉文晋武俱非上哲⑯，汉文辞千里之马⑰，晋武焚雉头之裘⑱。今则求骏马于万里，市珍奇于域外⑲，取怪于道路，见轻于戎狄⑳。此其渐不

---

⑤ 万乘：西周时，天子有地千里，兵车万乘。后世以万乘喻天子。 ⑥ 甫：才。弱冠：二十岁。古代男子二十岁成人，初加冠，体尚未壮，故称弱冠。 ⑦ 横流：指乱世。区宇：天下。 ⑧ 肇：始。 ⑨ 时方克壮：贞观初，唐太宗正三十岁。 ⑩ 臻(zhēn)：达到。 ⑪ 汤：成汤，商朝开国君主。武：周武王，名姬发，周朝开国君主。方：相比。 ⑫ 尧舜：上古传说时代的贤君。 ⑬ 帷幄：军中帐幕，泛指议决军政大事之处。 ⑭ 斯之谓：说的就是这个道理。 ⑮ 乖：违背。曩(nǎng)：以往。 ⑯ 汉文：西汉文帝刘恒。晋武：西晋武帝司马炎。 ⑰"汉文"句：西汉时，有献千里马者，文帝不受，并下令四方不要再进献。 ⑱"晋武"句：西晋时，有人献雉头皮衣，武帝以为是奇装异服，焚毁于殿前。 ⑲ 市：买。域外：国境之外。 ⑳ 戎狄：古代泛称中原西方各族为戎，北方各族为狄。

克终一也。

昔子贡问理人于孔子㉑。孔子曰："懔乎若朽索之驭六马㉒。"子贡曰："何其畏哉？"子曰："不以道导之，则吾仇也。若何其无畏㉓？"故《书》曰㉔："民惟邦本，本固邦宁。"为人上者，奈何不敬？陛下贞观之始，视人如伤㉕，恤其勤劳，爱民犹子，每存简约，无所营为㉖。顷年已来，意在奢纵，忽忘卑俭，轻用人力。乃云："百姓无事则骄逸，劳役则易使。"自古以来，未有由百姓逸乐而致倾败者也，何有逆畏其骄逸，而故欲劳役者哉？恐非兴邦之至言，岂安人之长算㉗？此其渐不克终二也。

陛下贞观之初，损己以利物。至于今日，纵欲以劳人，卑俭之迹岁改，骄侈之情日异。虽忧人之言不绝于口，而乐身之事实切于心。或时欲有所营，虑人致谏，乃云："若不为此，不便我身。"人臣之情，何可复争？此直意在杜谏者之口㉘，岂曰择善而行者乎？此其渐不克终三也。

立身成败，在于所染。兰芷鲍鱼㉙，与之俱化。慎乎所习㉚，不可不思。陛下贞观之初，砥砺名节，不私于物，唯善是与，亲爱君子，疏斥小人。今则不然，轻亵小人，礼重君子。重君子也，敬而远之；

㉑ 子贡：春秋末卫国人。姓端木，名赐。孔子学生。理人：治理百姓之法。 ㉒ 懔(lǐn)：危惧。 ㉓ 以上问答见《孔子家语·致思》。 ㉔《书》：《尚书》。 ㉕ 视人如伤：极言顾恤百姓之深。 ㉖ 营为：兴土木工程。 ㉗ 长算：好主意。 ㉘ 直：只是。 ㉙ 兰芷：香草。鲍鱼：咸鱼。 ㉚ 习：近习之人。

轻小人也，狎而近之。近之则不见其非，远之则莫知其是。莫知其是，则不间而自疏㉛；不见其非，则有时而自昵。昵近小人，非致理之道㉜；疏远君子，岂兴邦之义？此其渐不克终四也。

《书》曰："不作无益害有益，功乃成；不贵异物贱用物，人乃足。犬马非其土性不畜㉝，珍禽奇兽弗育于国。"陛下贞观之初，动遵尧舜，捐金抵璧㉞，反朴还淳㉟。顷年已来，好尚奇异。难得之货，无远不臻；珍玩之作，无时能止。上好奢靡而望下敦朴，未之有也。末作滋兴而求丰实㊱，其不可得亦已明矣。此其渐不克终五也。

贞观之初，求贤如渴，善人所举，信而任之，取其所长，恒恐不及。近岁已来，由心好恶，或众善举而用之，或一人毁而弃之；或积年任而用之，或一朝疑而远之。夫行有素履，事有成迹㊲。所毁之人，未必可信于所举；积年之行，不应顿失于一朝。君子之怀，蹈仁义而弘大德；小人之性，好谗佞以为身谋。陛下不审察其根源，而轻为之臧否㊳，是使守道者日疏，干求者日进。所以人思苟免㊴，莫能尽力。此其渐不克终六也。

陛下初登大位，高居深视，事惟清静，心无嗜欲。内除毕弋之物㊵，

㉛ 间：离间。㉜ 理：治。㉝ 土性：本土长成。㉞ 捐金抵璧：指不以金璧财货为重。捐：弃。抵：扔，掷。㉟ 反：同"返"。㊱ 末作：古代以农为本，以工商为末作。㊲"夫行有"两句：一个人的行为平素始终保持如此，已成的事也有迹象存在。㊳ 臧否(zāng pǐ)：评论人的好坏。㊴ 苟免：苟且求免，但求无过。㊵ 毕弋(yì)：打猎用具。毕：捕兽之网。弋：系绳之箭，射鸟用。

外绝畋猎之源[41]。数载之后，不能固志。虽无十旬之逸[42]，或过三驱之礼[43]。遂使盘游之娱，见讥于百姓；鹰犬之贡，远及于四夷[44]。或时教习之处[45]，道路遥远，侵晨而出，入夜方还，以驰骋为欢，莫虑不虞之变。事之不测，其可救乎？此其渐不克终七也。

孔子曰："君使臣以礼，臣事君以忠。"然则君之待臣，义不可薄。陛下初践大位，敬以接下，君恩下流，臣情上达，咸思竭力，心无所隐。顷年已来，多所忽略。或外官充使[46]，奏事入朝，思睹阙庭[47]，将陈所见。欲言则颜色不接，欲请又恩礼不加，间因所短，诘其细过，虽有聪辩之略，莫能申其忠款，而望上下同心，君臣交泰，不亦难乎？此其渐不克终八也。

"傲不可长，欲不可纵，乐不可极，志不可满。"四者，前王所以致福，通贤以为深诫。陛下贞观之初，孜孜不怠，屈己从人，恒若不足。顷年已来，微有矜放。恃功业之大，意蔑前王；负圣智之明，心轻当代，此傲之长也。欲有所为，皆取遂意，纵或抑情从谏，终是不能忘怀，此欲之纵也。志在嬉游，情无厌倦，虽未全妨政事，不复专心治道，此乐将极也。率土乂安[48]，四夷款服[49]，仍远劳士马，问罪遐裔[50]，此志将满也。亲狎者阿旨而不肯言，疏远者畏威而莫敢谏，积

---

[41] 畋(tián)猎：打猎。[42] 十旬之逸：连续游乐十旬(一旬十日)。《尚书·五子之歌》载：太康"盘游无度，畋于有洛之表，十旬弗反。"[43] 三驱之礼：以一年三次打猎为限度。[44] 四夷：古代以华夏族为中心，对周边各族贬称东夷、西戎、南蛮、北狄，合称四夷。[45] 教习之处：教练骑射之所。[46] 外官：地方官。[47] 阙庭：宫庭，指天子。[48] 率土：境内，天下。乂(yì)安：安定。[49] 款服：诚心归服。[50] 遐：远方。裔：边地民族。

而不已，将亏圣德。此其渐不克终九也。

昔陶唐成汤之时，非无灾患，而称其圣德者，以其有始有终，无为无欲，遇灾则极其忧勤，时安则不骄不逸故也。贞观之初，频年霜旱，畿内户口[51]，并就关外[52]。携负老幼，来往数年，曾无一户逃亡，一人怨苦。此诚由识陛下矜育之怀，所以至死无携贰[53]。顷年已来，疲于徭役，关中之人，劳弊尤甚。杂匠之徒，下日悉留和雇[54]；正兵之辈[55]，上番多别驱使[56]；和市之物[57]，不绝于乡闾；递送之夫，相继于道路。既有所弊，易为惊扰。脱因水旱[58]，谷麦不收，恐百姓之心，不能如前日之宁帖。此其渐不克终十也。

臣闻"祸福无门，唯人所召"。"人无衅焉[59]，妖不妄作"。伏惟陛下统天御宇，十有三年，道洽寰中，威加海外。年谷丰稔，礼教聿兴。比屋逾于可封[60]，菽粟同于水火[61]。暨乎今岁[62]，天灾流行，炎气致旱，乃远被于郡国；凶丑作孽，忽近起于毂下[63]。夫天何言哉？

---

[51] 畿内：古代天子领地称畿，国都四周千里以内之地称畿内，后泛指京城辖区。 [52] 关外：汉唐时定都长安（今陕西西安），称函谷关或潼关以东地区为关外。 [53] 携贰：离心。 [54] 下日：唐时工匠役满（一年正役不超过五十日）后剩下的日子。和雇：官府出钱雇用劳力。和有平等之意，但实际上带有强制且报酬较低。 [55] 正兵：正式服役之兵。 [56] 上番：北周隋唐时，府兵每年到京师戍卫，称上番。 [57] 和市：官府出钱购买物资，多为不平等交易。 [58] 脱：倘或。 [59] 衅：空子，裂缝。 [60] 比屋逾于可封：此句承"礼教聿兴"而来，言家家都有德行，人人可以旌表。 [61] 菽粟同于水火：此句承"年谷丰稔"而来，言粮食充足如水火一般普遍。 [62] 暨（jì）：到，及。 [63]"凶丑作孽"两句：贞观十三年，突厥突利可汗之弟结社率因归附朝廷后得不到太宗信任，率旧部四十余人进攻太宗行宫，事败被杀。毂（gǔ）下，辇毂（天子的车舆）之下，指京城之中。

垂象示诫[64]。斯诚陛下惊惧之辰，忧勤之日也。若见诫而惧，择善而从，同周文之小心[65]，追殷汤之罪己[66]。前王所以致理者，勤而行之；今时所以败德者，思而改之。与物更新，易人视听，则宝祚无疆，普天幸甚，何祸败之有乎？然则社稷安危，国家治乱，在于一人而已。当今太平之基，既崇极天之峻；九仞之积，犹亏一篑之功[67]。千载休期[68]，时难再得。明主可为而不为，微臣所以郁结而长叹者也。

臣诚愚鄙，不达事机，略举所见十条，辄以上闻圣听。伏愿陛下采臣狂瞽之言[69]，参以刍荛之议[70]，冀千虑一得，衮职有补[71]，则死日生年[72]，甘从斧钺。

---

⑭ 垂象：显示征兆。 ⑮ 周文之小心：周文王姬昌（又称西伯昌）时，周人势力尚小，故姬昌一直小心翼翼，不敢得罪殷王。 ⑯ 殷汤之罪己：商王成汤自己承担过失。《尚书·汤诰》："其尔万方有罪，在予一人。" ⑰ "九仞"两句：即成语"功亏一篑"之意。篑（kuì）为盛土竹器，即筐。 ⑱ 休期：好时机。 ⑲ 狂瞽：悖理不明。 ⑳ 刍（chú）荛之议：草野者的意见。刍荛：打草砍柴。 ㉑ 衮职：指帝王之职。 ㉒ 死日生年：即"虽死之日，犹生之年"。

（蒋维崧）

李世民(599—649)　即唐太宗(626—649年在位)。大业十三年(617)从父李渊起兵,推翻隋朝,建立唐朝。即位后任用贤良,虚怀纳谏,轻徭薄赋,使社会安定,生产恢复,文化发展,史称“贞观之治”。又实行开明的民族政策,被各族君主尊为“天可汗”。著有《帝范》,总结政治经验,评述本人功过。

答长孙无忌请诛段志冲手诏[①]

【题解】

古往今来,人多津津乐道魏徵披沥直言,唐太宗李世民从谏如流。直言殊不易,纳谏则更难。段志冲以一介布衣而欲解除天子职位,大臣如长孙无忌等斥其犯上作乱,而欲处以极刑。然李世民却能借此反躬自问,不忍加以死罪,如此豁达大度,揆之后世,实罕其匹。

朕闻以德下人者昌[②],以贵高人者亡[③]。是以五岳凌霄[④],四海亘地[⑤],纳污藏疾[⑥],无损高深。志冲欲以匹夫解位天子[⑦],朕若有罪,是其直也;若当无罪,是其狂也。譬尺雾障天,不亏于大;寸云遮

---

① 选自《全唐文》卷八。长孙无忌,字辅机。河南洛阳人。太宗长孙皇后之兄,太宗、高宗两朝宰相。主修《唐律疏议》。段志冲:新旧《唐书》无传。 ② 下人:居于人之下,表示对人谦让。 ③ 高人:凌人,以势压人。 ④ 五岳:中岳嵩山、东岳泰山、西岳华山、南岳衡山、北岳恒山。 ⑤ 四海:古代以中国四境有四海环绕。亘地:连接大地。 ⑥ 疾:恶。 ⑦ 匹夫:庶人,平民。解位:解除职位。

日，何损于明？今卿等皆欲致以极刑[8]，意所不忍。可更详议，任流远方[9]。

---

⑧ 极刑：指死刑。⑨ 流：流放。

（蒋维崧）

骆宾王(约640—约684)　唐文学家。婺州义乌(今属浙江)人。初为道王李元庆幕僚,后入朝为侍御史,贬为临海县丞,不久弃官。曾参与徐敬业起兵讨伐武则天,兵败,下落不明。骆颇负才名,与王勃、杨炯、卢照邻同为"初唐四杰",工诗善文,有《骆临海集》。

代李敬业传檄天下文[①]

【题解】

本文一名《讨武曌檄》。开篇即单刀直入,用一个"伪"字彻底否定了武则天政权的合法性,接着从不忠不孝、不仁不贞等几个方面进行指责,揭露武氏残暴、阴险,淫荡、贪婪的本性,以及其神人共愤的罪行。并大肆宣扬李敬业方面的天时、地利、军情士气,显示其必胜的信念。全文气势磅礴,辞采斐然,对偶工整,要言不烦,堪称佳制。据《新唐书》记载,武则天读至"一抔之土未干,六尺之孤安在"两句,竦然动容,责怪宰相未将骆宾王这样的人才网罗门下,可见此文之成功。

伪临朝武氏者[②],人非温顺,地实寒微[③]。昔充太宗下陈[④],尝以

---

① 本文选自《骆临海集》。李敬业:唐朝开国元勋英国公徐勣(后李世民赐其姓李)的长孙,曹州离狐(今山东东明东南)人。曾任太仆少卿、眉州刺史,后因事被贬为柳州司马。公元684年,起兵讨伐武则天,兵败被杀。 ② 临朝:君临朝廷,执掌朝政。武氏:武曌(zhào)(624—705),并州文水(今山西文水)人。唐太宗时,入宫为才人(嫔妃的称号)。太宗死,出家为尼姑。高宗即位,立为皇后。高宗死后,她先后立中宗、睿宗为帝,载初元年废睿宗,自称圣神皇帝,改国号为周。神龙元年,中宗复位,尊她为则天大圣皇帝,同年冬去世。 ③ 地:门第。 ④ 下陈:指宫中地位较低的嫔妃。

更衣入侍。洎乎晚节，秽乱春宫[⑤]。密隐先帝之私，阴图后庭之嬖。入门见嫉，蛾眉不肯让人[⑥]；掩袖工谗，狐媚偏能惑主[⑦]。践元后于翚翟[⑧]，陷吾君于聚麀[⑨]。加以虺蜴为心[⑩]，豺狼成性，近狎邪僻，残害忠良，杀姊屠兄[⑪]，弑君鸩母[⑫]。神人之所共疾，天地之所不容。犹复包藏祸心，窥窃神器[⑬]。君之爱子，幽之于别宫[⑭]；贼之宗盟，委之以重任。呜呼！霍子孟之不作[⑮]，朱虚侯之已亡[⑯]。燕啄皇孙[⑰]，知汉祚

---

⑤“洎乎”两句：意谓武则天本是太宗的嫔妃，到后来又与太子（高宗李治）淫乱。洎（jì），到，及。春宫，即东宫，太子居所。 ⑥“入门见嫉”两句：说武则天凭美色获宠于高宗，所有入选皇宫的嫔妃，都遭到她的妒嫉、排斥。 ⑦“掩袖工谗”两句：据《新唐书·后妃传》，武则天为了争夺皇后一位，扼死了亲生女婴，然后嫁祸于皇后，高宗不察内情，大怒，废王皇后而立武则天。掩袖，隐括战国时楚后郑袖谗言陷害楚王宠妃的故事，以形容武则天巧言令色、进谗害人的情态。 ⑧元后：正宫皇后。翚翟（huī dí）：羽毛美丽的野鸡，皇后的礼服上绣有翚翟的图形。 ⑨“陷吾君”句：武则天先为太宗嫔妃，后为高宗皇后，使太宗、高宗父子陷于禽兽之行。聚麀（yōu），两头雄鹿共同占有一头雌鹿，比喻父子共同占有一个女子。 ⑩虺（huǐ）：一种毒蛇。蜴：蜥蜴。 ⑪杀姊（zǐ）屠兄：武则天当皇后后，她的两个哥哥都被流放边地而死，她的几个侄子、侄女也都被她杀害。这里说杀姊屠兄，是泛指杀害亲属。 ⑫弑君鸩母：史书并无武则天杀害高宗和毒死母亲杨氏的记载，作者所说，或是得于传闻，或是出于敌意罗织罪名，以激发民愤。 ⑬神器：帝位。 ⑭“君之爱子”两句：高宗去世，子李显继位为中宗。不久，武则天废其为庐陵王，改立显弟李旦为帝，即睿宗。李旦名为皇帝，实被软禁，朝政均由武则天专断。 ⑮“霍子孟”句：霍光，字子孟，汉昭帝任为大司马大将军。昭帝死，他迎立昌邑王刘贺；见贺荒淫失道，又废贺改立宣帝刘病已，重新安定了汉室。这句感叹朝中无霍光那样的大臣起来扭转危局。 ⑯“朱虚侯”句：汉刘邦之孙刘章，封朱虚侯。刘邦死，吕后专权，诸吕把持朝政。吕后死，章与丞相陈平、太尉周勃等合谋，尽诛诸吕，并迎立文帝刘恒继位。这句是感慨李家皇族中没有刘章这样智勇双全以扶助皇室的人。 ⑰燕啄皇孙：据《汉书·五行志》载，汉成帝时，民间有童谣说：“燕飞来，啄皇孙。”后舞女赵飞燕进宫，得宠于成帝，被立为皇后。她因自己没生儿子，便狠毒地害死其他嫔妃所生的皇子。这里喻指武则天害死太子李忠等人之事。

之将尽[18];龙漦帝后[19],识夏庭之遽衰。

敬业皇唐旧臣,公侯冢子[20]。奉先君之成业[21],荷本朝之厚恩。宋微子之兴悲[22],良有以也;桓君山之流涕[23],岂徒然哉!是用气愤风云[24],志安社稷[25],因天下之失望,顺宇内之推心[26],爰举义旗[27],誓清妖孽。南连百越[28],北尽三河[29],铁骑成群,玉轴相接[30]。海陵红粟[31],仓储之积靡穷;江浦黄旗[32],匡复之功何远?班声动而北风起[33],剑气冲而南斗平[34]。喑呜则山岳崩颓[35],叱咤则风云变色。以此制敌,何敌不摧;以此攻城,何城不克!

---

⑱ 祚:福,此指国家的命运。 ⑲ 龙漦(lí)帝后:据《史记·周本纪》载,夏朝后期,有两条龙降于宫廷,自称是褒的二位君主。夏帝用木盒把龙的漦(唾沫)封闭起来,一连三代,没有打开。周厉王末年,开启木盒,龙漦流出,化为一只玄黿,进入后宫。后宫有一未成年的宫女,脚踩玄黿足迹,感而怀孕,生下一女,名褒姒。褒姒后成为周幽王的王后,幽王为博得她的欢心,多行不义,失信于诸侯,以致亡国被杀。这里以夏喻唐,说武则天的出现是唐朝即将衰亡的征兆。 ⑳ 冢(zhǒng)子:正妻所生的长子。 ㉑ 先君:指李敬业的祖父李勣、父亲李震。 ㉒ 宋微子:名启,殷纣王的庶兄,周灭殷后,封他于宋(今河南商丘),因称宋微子。微子在殷亡后,路过殷都,只见一片废墟,内心悲伤,作《麦秀歌》以抒发感慨。徐敬业家曾被赐姓李,可算是李唐宗室,所以作者以宋微子作比。 ㉓ 桓君山:东汉桓谭字君山,光武帝时任议郎、给事中等,因上疏言事,被贬官出京,忧郁而死。这里用以比喻李敬业被谪柳州。 ㉔ 是用:因此。 ㉕ 社稷:本是古代帝王祭祀的土神和谷神,后即以社稷来指称国家。 ㉖ "因天下"两句:意谓顺应人民对武则天的失望情绪和对李敬业的真诚信任。 ㉗ 爰(yuán):乃,于是。 ㉘ 百越:泛指南方沿海地带。 ㉙ 三河:古代指河东、河内、河南,即今黄河两岸的中原地区。 ㉚ 玉轴:华美的战车。 ㉛ 海陵:今江苏泰州,唐代属扬州。红粟:陈米,因储存过久颜色发红。这里形容粮食绰绰有余。 ㉜ 江浦:此指当时扬州一带。黄旗:云彩的形状。古人迷信,以为天空如出现紫盖黄旗形状的云彩,就会有好运气。 ㉝ 班声:马声。 ㉞ 南斗:牛、斗二星宿分野在吴地上空,因称南斗。 ㉟ 喑(yìn 印)呜:厉声怒喝。

公等或家传汉爵[36]，或地协周亲[37]，或膺重寄于爪牙[38]，或受顾命于宣室[39]。言犹在耳，忠岂忘心？一抔之土未干[40]，六尺之孤安在[41]！倘能转祸为福，送往事居[42]，共立勤王之勋，无废旧君之命，凡诸爵赏，同指山河[43]。若其眷恋穷城[44]，徘徊歧路，坐昧先几之兆[45]，必贻后至之诛[46]。请看今日之域中[47]，竟是谁家之天下！

移檄州郡，咸使知闻。

㊱ 公等：泛指朝中及各地方的文武官员。汉：喻唐。 ㊲ 地：身份地位。协：合。周：亦喻唐。 ㊳ 膺：受。爪牙：义同股肱，比喻辅佐皇帝的将帅。 ㊴ 顾命：皇帝的遗命。宣室：汉未央宫正殿室名，此喻指唐宫。 ㊵ 一抔（póu）：一掬，以手掬物叫抔。一抔之土指高宗坟上新土。 ㊶ 六尺之孤：指高宗遗留下的子息。 ㊷ 往：死者，指高宗。居：生者，指中宗。 ㊸ “凡诸爵赏”二句：意谓凡是立功者一定赐爵封赏，可以同指山河起誓。 ㊹ 穷城：没有外援可待的孤城。 ㊺ 坐：因。几（jī）：细微的迹象。 ㊻ 贻：赠送，这儿作给予解。 ㊼ 域中：国中。

（周圣伟）

王勃(650—676)　唐文学家。字子安，绛州龙门(今山西河津)人。14岁即对策登科，官授朝散郎。上元三年，渡南海探望任交趾县令的父亲，溺水，惊悸而死。善诗，工骈文。有《王子安集》。

秋日登洪府滕王阁饯别序[①]

【题解】

这是一篇在文学史上久负盛誉的序文，是王勃往南海省亲，途经南昌时即席所写，然而读来却使人感到精致完美，天衣无缝，仿佛是经过深思熟虑而精心结撰的宿构。其景物描写，诗情画意充溢，"落霞"一联为历来传诵的名句。全文用典贴切灵活，辞采华美，表达了作者身处困境而不甘沉没的意志和对理想的执着追求。

豫章故郡[②]，洪都新府；星分翼轸[③]，地接衡庐。襟三江而带五湖[④]，

---

① 选自《王子安集》。滕王阁：故址在今江西南昌，面临赣江。公元652年，唐高祖李渊第二十二子滕王李元婴作洪州都督时修建。 ② 豫章：汉代郡名，治所在今南昌，唐代改称洪州。 ③ 星分翼轸(zhěn)：南昌上空正当翼、轸二星宿(xiù)的分野。古人将整个天空划分成二十八个区域，各区域以一颗列星主领，称为二十八星宿。某星宿与地面某区域对应，叫做"某星在某地之分野"。翼、轸二星宿的分野在今长沙、九江、南昌、六安等一带。 ④"襟三江"句：豫章以三江为衣襟，以五湖为衣带，意即处三江之上，五湖之中。三江，指荆江、松江、浙江。一说指松江、娄江、东江。五湖，指菱湖、游湖、莫湖、贡湖、胥湖，都在太湖东岸，古时分为五湖，后则合而为一。

控蛮荆而引瓯越⑤。物华天宝，龙光射牛斗之墟⑥；人杰地灵，徐孺下陈蕃之榻⑦。雄州雾列⑧，俊采星驰⑨。台隍枕夷夏之交⑩，宾主尽东南之美。都督阎公之雅望，棨戟遥临⑪；宇文新州之懿范⑫，襜帷暂驻⑬。十旬休假⑭，胜友如云；千里逢迎，高朋满座。腾蛟起凤，孟学士之词宗⑮；紫电清霜，王将军之武库⑯。家君作宰⑰，路出名区；童子何知？躬逢胜饯。

时维九月⑱，序属三秋⑲。潦水尽而寒潭清，烟光凝而暮山紫。俨骖騑于上路⑳，访风景于崇阿㉑。临帝子之长洲㉒，得天人之旧

---

⑤ 蛮荆：今湖南、湖北一带，春秋时属楚国管辖，因开化较迟，被视为“南蛮”地区。瓯越：古时东越王曾建都于东瓯（今浙江永嘉），因称浙江为瓯越。 ⑥“物华”两句：物产的精华焕发为天上的宝气，宝剑的光芒直射牛、斗二星的领域。据《晋书·张华传》载，晋初，斗、牛二星间常有紫气照射，张华疑是宝剑精气上彻于天，命人寻找，在丰城（今属江西，古属豫章郡）牢狱地下掘到太阿、龙泉一对宝剑。墟，域。 ⑦“人杰”两句：土地灵秀，造就了出众的俊杰，徐孺子使陈蕃特地为他设下一张床榻。徐孺，名徐稚，字孺子，东汉高士。陈蕃任豫章太守，不喜欢接待宾客，但对徐孺子则极其尊敬，特设一床榻以备接待，徐来则把榻放下，徐走则将榻悬挂起来。 ⑧ 雾列：环列，如雾一般弥满四周。形容城市茂密。 ⑨ 星驰：象群星奔驰，形容人才极多。 ⑩ 台：城楼。隍：没有水的城壕。枕：压，据。夷：蛮夷，此指荆楚地区。夏：华夏，此指扬州地区（辖今江苏、福建、浙江一带）。 ⑪ 棨（qǐ）戟：以缯衣作套的木戟，是古代官员出行时所用的一种仪仗。 ⑫“宇文”句：复姓宇文的新州刺史。新州：地名，治所在今广东新兴。 ⑬ 襜（chān）帷：车上的帷幔。 ⑭ 十旬：十日为一旬，唐代官员遇旬休假，叫“旬休”。 ⑮“腾蛟”两句：言孟学士词采风流，能使蛟龙腾飞，凤凰起舞。⑯“紫电”两句：言王将军胸怀韬略，犹如宝剑闪烁着光芒。紫电、清霜，都是古代宝剑名称。⑰ 家君作宰：指自己父亲在南方当县令。童子：作者自指。 ⑱ 维：在。九月：一说当作“九日”，如此，则当天为农历重阳节。 ⑲ 序：时序。即春夏秋冬。三秋：季秋，农历九月。⑳ 俨：通“严”，整治。骖騑：在车辕两侧驾车的马。上：高。 ㉑ 阿：山陵，丘陵。 ㉒ 帝子：指滕王李元婴。长洲：阁前的沙洲。

馆[23]。层台耸翠，上出重霄；飞阁流丹，下临无地[24]。鹤汀凫渚，穷岛屿之萦回；桂殿兰宫，即冈峦之体势[25]。披绣闼[26]，俯雕甍[27]。山原旷其盈视[28]，川泽纡其骇瞩[29]。闾阎扑地[30]，钟鸣鼎食之家[31]；舸舰弥津[32]，青雀黄龙之轴[33]。云销雨霁，彩彻区明[34]。落霞与孤鹜齐飞，秋水共长天一色。渔舟唱晚，响穷彭蠡之滨[35]；雁阵惊寒，声断衡阳之浦。

遥襟甫畅，逸兴遄飞。爽籁发而清风生[36]，纤歌凝而白云遏[37]。睢园绿竹[38]，气凌彭泽之樽[39]；邺水朱花[40]，光照临川之笔[41]。四美具[42]，二难并[43]。穷睇眄于中天[44]，极娱游于暇日。天高地迥，觉宇宙之无穷；兴尽悲来，识盈虚之有数[45]。望长安于日下[46]，目吴会于

㉓ 得：得见，见到。天人：同仙人，指滕王。旧馆：指滕王阁。 ㉔ “飞阁”两句：意谓阁道凌空飞架，上面涂饰的丹漆鲜艳欲滴，从上往下看，一片深渊，看不见地。 ㉕ 体势：地形势态。这里说宫殿与山峦的自然形势结合得十分巧妙。 ㉖ 闼(tà)：门。 ㉗ 甍(méng)：屋脊。 ㉘ 盈视：满目都是。 ㉙ 骇瞩：看了感到惊骇。 ㉚ 扑地：遍地。 ㉛ 钟鸣鼎食：古代贵族用膳，常鸣钟列鼎。 ㉜ 弥：满。津：渡口。 ㉝ 青雀黄龙：色彩和形状像鸟或龙的船只。轴(zhú)：同“舳”，船头。 ㉞ 彩：日光。区：区宇，天空。 ㉟ 彭蠡(lǐ)：鄱阳湖的古名。 ㊱ 爽：参差。籁：排箫，乐管众多，各管长短不一。 ㊲ 遏：止。《列子·汤问》记薛谭跟秦青学唱歌的故事，中有“响遏行云”的话语，作者这里是借用其语。 ㊳ 睢园绿竹：西汉梁孝王刘武有睢阳(故址在今河南商丘南)兔园，曾邀集文士于园中竹荫下饮酒作赋。 ㊴ 彭泽：指陶渊明。陶曾任彭泽县令。 ㊵ 邺：古地名，在今河北临漳。曹操父子曾在邺地聚集了一批文士。朱花：芙蓉花。这里以“邺水朱花”喻指建安文士文采风流。 ㊶ 临川：指南朝著名诗人谢灵运。他曾担任临川内史。 ㊷ 四美：良辰、美景、赏心、乐事。具：齐备。 ㊸ 二难：贤主、嘉宾。并：合，凑集。 ㊹ 穷：极。睇眄(dì miǎn)：都是“看”的意思。 ㊺ 盈虚：本指月亮的圆缺，这里喻指个人遭遇的好坏或事业的成败。数：定数，命中注定。 ㊻ 长安：今陕西西安，唐朝首都。遥望长安，有希望得到朝廷信任的含意。

云间[47]。地势极而南溟深[48]，天柱高而北辰远[49]。关山难越，谁悲失路之人？萍水相逢，尽是他乡之客。怀帝阍而不见[50]，奉宣室以何年[51]？嗟乎！时运不济，命途多舛。冯唐易老[52]，李广难封[53]。屈贾谊于长沙[54]，非无圣主；窜梁鸿于海曲[55]，岂乏明时？所赖君子见机，达人知命。老当益壮，宁移白首之心？穷且益坚，不坠青云之志！酌贪泉而觉爽[56]，处涸辙以犹欢[57]。北海虽赊[58]，扶摇可接[59]；东隅已逝[60]，桑榆非晚[61]。孟尝高洁[62]，空余报国之情；阮籍猖狂[63]，岂效穷途之哭？

勃三尺微命[64]，一介书生。无路请缨，等终军之弱冠[65]；有怀投

㊼ 吴会(guì)：吴郡和会稽郡，包括今江苏南部和浙江北部。 ㊽“地势”句：是说南海是大地的尽头。南溟(míng)，南海。 ㊾ 天柱：神话传说昆仑山有铜柱高耸入天，叫天柱。北辰：北极星。这里的“天柱”“北辰”均喻指朝廷，句意寓有仕途坎坷，南下省亲，从而远离京师的忧伤。 ㊿ 帝阍(hūn)：传说中天帝的守门人，此喻指朝廷。 [51] 宣室：汉未央宫前殿的正室。汉文帝曾在这里召见贾谊。此借指君王。 [52] 冯唐：西汉人，文帝、景帝时未得重用。武帝时，准备委以重任，但已年过九十，不能胜任了。 [53] 李广：西汉名将，战功卓著，但始终不得封侯。 [54] 贾谊：西汉文学家、政治家。曾上疏针砭时弊，出为长沙王太傅。 [55] 梁鸿：东汉人，因作《五噫歌》得罪章帝，不得不隐名埋姓，逃遁到海边避祸。海曲：海滨。 [56] 贪泉：相传广州城外石门附近有水名贪泉，人喝了必起贪心。但晋代吴隐之任广州刺史时饮贪泉水而仍然严守节操，并赋诗表明自己的心志。 [57] 涸(hé)辙：先前有积水而后干涸了的车辙。比喻环境困顿，语出《庄子·外物》。 [58] 赊(shē)：遥远。 [59] 扶摇：从下盘旋而上的大风。接：连，通。 [60] 东隅：日出处，比喻早年时光。 [61] 桑榆：日落处，比喻晚年时光。 [62] 孟尝：东汉人，字伯周，曾任合浦太守，为官廉洁，颇多政绩。桓帝时隐居耕田，不为朝廷所用。 [63] 阮籍：魏晋时人，为人任性不受拘束，有时独自驾车出游，不顺着路走，到车子无法前行，就痛哭而返。猖狂：狂放，任性。 [64] 三尺：三尺长的绅带，是古代士人的服饰。 [65] 等：等同。终军：西汉人，字子云。武帝时，与南越（今两广一带）和亲，派年仅二十的终军出使。他请武帝给他长缨（绳），一定要把南越王缚至汉皇宫前。弱冠：古代男子二十岁为弱冠之年。

笔⑯，慕宗悫之长风⑰。舍簪笏于百龄⑱，奉晨昏于万里⑲。非谢家之宝树⑳，接孟氏之芳邻㉑。他日趋庭，叨陪鲤对㉒；今兹捧袂，喜托龙门㉓。杨意不逢，抚凌云而自惜㉔；钟期既遇，奏流水以何惭㉕！呜呼！胜地不常，盛筵难再。兰亭已矣㉖，梓泽丘墟㉗。临别赠言，幸承恩于伟饯；登高作赋，是所望于群公。敢竭鄙怀，恭疏短引，一

---

⑯ 投笔：弃文从武。东汉班超家贫，曾为人抄书谋生，不堪劳苦，感叹说："大丈夫无他志略，犹当效傅介子、张骞立功异域，以取封侯，安能久事笔砚间乎？"于是投笔从军。 ⑰ 宗悫(què)：字元干，南朝宋人。少年时，叔父问他志向，他回答说："愿乘长风破万里浪。" ⑱ 簪笏(hù)：古代官吏用的冠簪和手板，这里指代官职。百龄：百岁，一生。 ⑲ 晨昏：晨省昏定，即早晚向父母问安。 ⑳ 谢家宝树：东晋时，谢安问他的子侄，人们为何希望自己的子弟有出息？他的侄儿谢玄回答说："就好像香草宝树，人们都希望它们长在自家的庭院门前。"后以此比喻有出息的子弟。 ㉑ 孟氏之芳邻：传说孟子的母亲为培养儿子的品德，曾三次搬家，以选择好的邻居。 ㉒ 鲤对：一次，孔子立于庭前，其子孔鲤走过，孔子问他学过《诗》没有，孔鲤回答没有。孔子说："不学《诗》，无以言。"于是孔鲤就学《诗》。又一次，孔鲤过庭，孔子问他学过《礼》没有，孔鲤回答没有。孔子说："不学《礼》，无以立。"孔鲤就又去学《礼》。叨陪：窃自比附，表示自谦。 ㉓ "今兹"两句：捧袂(mèi)，举起双袖，拜谒长者时拱手作揖。托龙门，登龙门。龙门在今山西稷山。传说鱼游到那里如能跃过去，就可以变化成龙。后即以"登龙门"比喻忽然得到的荣耀。东汉李膺声望极高，士人能与他结交，即称登龙门。 ㉔ "杨意"两句：汉武帝时，四川人杨得意为宫中狗监，向武帝推荐同乡司马相如善于作赋。相如被召献《大人赋》，武帝读后"大悦，飘飘然有凌云之气。"杨意，"杨得意"的省称。凌云，指《大人赋》，也喻指文才。 ㉕ "钟期"两句：春秋时俞伯牙善于弹琴，而钟子期对音乐的感受力、理解力很强。伯牙寄托在琴声里的旨意，子期都能听出来。后来，钟子期死了，伯牙认为世无知音，终身不再弹琴。钟期，"钟子期"的省称。 ㉖ 兰亭：在今浙江绍兴。东晋时，王羲之、孙绰等名士曾在兰亭宴饮游乐。 ㉗ 梓泽：又名金谷园，在今河南洛阳西北，是晋代富豪石崇饮宴游乐之处。

言均赋，四韵俱成[78]。请洒潘江，各倾陆海云尔[79]。

---

⑱“一言”两句：古人集会赋诗，各分一言（一字），从这个字所属的韵部中择字押韵，二句一韵，四韵（八句）成篇。王勃这次作的诗是：“滕王高阁临江渚，佩玉鸣銮罢歌舞。画栋朝飞南浦云，珠帘暮卷西山雨。行云潭影日悠悠，物换星移几度秋。阁中帝子今何在，槛外长江空自流。”⑲潘江、陆海：潘岳、陆机都是西晋著名文士，才能杰出。钟嵘《诗品》说：“陆才如海，潘才如江。”云尔：语气词，用于文末，表示结束。

（周圣伟）

刘知幾(661—721)　唐史学家。字子玄,彭城(今江苏徐州)人。20 岁中进士,长安二年(702),开始担任史官,撰修国史。玄宗时,官至左散骑常侍,后被贬为安州都护府别驾。生平专攻史学,认为史家必须兼有"才""学""识"三长,而尤重史识。同时强调直笔,指出著史"以实录直书"为贵。所著《史通》,为中国第一部史学理论著作。

自　　叙[①]

【题解】

据史载,刘知幾修《武后实录》,有所改正,但当时一班权贵却不同意。知幾自以为身负绝世之学,而见轻时流,故著《史通》内外四十九篇,论列是非,讥评今古。此书上下数千年,贯穿数万卷,心细眼明,洞悉利病,徐坚看后叹道:"为史者宜置此坐右也。"黄庭坚认为:"论文则《文心雕龙》,评史则《史通》,二书不可不观,实有益于后学。"本文为《史通》的自序。文中提出"与夺""褒贬""鉴戒""讽刺"八字,作为《史通》大义,以"贯穿深""网罗密""商略远""发明多"数句,概括此书特色。刘知幾所格外强调的"通识",更是其一家独断之学的精神所在。刘知幾对当时文坛芜音累句层出不穷的现象,进行了猛烈的抨击,不过他自己的文章,在语言形式上,同样"编字不只,捶句皆双,修短取均,奇偶相配"。由于他能黜饰崇真,故行文流畅,内容充实,名为骈文,实近散体,对唐中叶的古文运动,有导夫先路的作用。在这篇自序中,作者发出了这样的慨叹:"嗟乎!虽任当其职,而吾道不行,见用于时,而美志不遂,郁怏孤愤,无以寄怀。"可见《史通》原是一部言

① 选自《史通通释》。

志行道的发愤之作，这篇自序，便是这种愤激之声的流露。

予幼奉庭训②，早游文学，年在纨绮③，便受《古文尚书》④。每苦其辞艰琐，难为讽读，虽屡逢捶挞，而其业不成。尝闻家君为诸兄讲《春秋左氏传》⑤，每废《书》而听。逮讲毕，即为诸兄说之。因窃叹曰："若使书皆如此，吾不复怠矣！"先君奇其意，于是始授以《左氏》，期年而讲诵都毕⑥。于时年甫十有二矣。所讲虽未能深解，而大义略举。父兄欲令博观义疏⑦，精此一经。辞以获麟已后⑧，未见其事，乞且观余部，以广异闻。次又读《史》《汉》《三国志》。既欲知古今沿革，历数相承⑨，于是触类而观，不假师训⑩。自汉中兴已降，迄乎皇家实录⑪，年十有七，而窥览略周。其所读书，多因假赁，虽部帙残缺，篇第有遗，至于叙事之纪纲，立言之梗概，亦粗知之矣。

但于时将求仕进，兼习揣摩⑫，至于专心诸史，我则未暇。洎年登弱冠⑬，射策登朝⑭，于是思有余闲，获遂本愿。旅游京洛⑮，颇积岁年，公私借书，恣情披阅。至如一代之史，分为数家，其间杂记小

---

② 庭训：父教。 ③ 年在纨绮：谓少年。 ④《古文尚书》：《尚书》的一种，也称《逸书》。据说为汉武末年鲁共王（刘馀）从孔子故宅的壁中发现，因用秦、汉以前的"古文"书写，故名。 ⑤ 家君：自称其父。 ⑥ 期年：一年。 ⑦ 义疏：解经之书。 ⑧ 获麟：《春秋·哀公十四年》载，"西狩获麟。孔子曰：'吾道穷矣。'"传说孔子作《春秋》至此而止。 ⑨ 历数：朝代更替的次序。 ⑩ 假：通"借"。 ⑪ 实录：专记某个皇帝统治时期的大事的编年史。 ⑫ 揣摩：玩赏文字而加以仿效，谓之揣摩，此指科举文字。 ⑬ 洎（jì）：等到。 ⑭ 射策：汉代取士有对策、射策之制。射策由主试者出试题，应试者随意取答。射：投射之意。 ⑮ 京洛：即洛阳，因东周、东汉曾建都于此，故称京洛。

书，又竞为异说，莫不钻研穿凿[⑯]，尽其利害。加以自小观书，喜谈名理，其所悟者，皆得之襟腑，非由染习。故始在总角[⑰]，读班、谢两《汉》[⑱]，便怪《前书》不应有《古今人表》[⑲]，《后书》宜为更始立纪[⑳]。当时闻者，共责以为童子何知，而敢轻议前哲。于是赧然自失[㉑]，无辞以对。其后见张衡、范晔集[㉒]，果以二史为非。其有暗合于古人者，盖不可胜纪。始知流俗之士，难与之言。凡有异同，蓄诸方寸[㉓]。

及年以过立[㉔]，言悟日多，常恨时无同好可与言者。维东海徐坚[㉕]，晚与之遇，相得甚欢，虽古者伯牙之识钟期[㉖]，管仲之知鲍叔[㉗]，不是过也。复有永城朱敬则[㉘]、沛国刘允济[㉙]、义兴薛谦光[㉚]、河南元行冲[㉛]、陈留吴竞[㉜]、寿春裴怀古[㉝]、亦以言议见许，道术相

---

⑯ 穿凿：深究琢磨。 ⑰ 总角：古代未成年人把头发扎成的左右两个髻，借指幼年。 ⑱ 班、谢两《汉》：东汉班固《汉书》，三国吴谢承《后汉书》。 ⑲《古今人表》：《汉书》八表之一。刘知幾讥其混合古今，超出断代史范围。 ⑳ 更始：指刘玄，西汉远支皇族。初参加平林兵，被推为更始将军。公元23年称帝，年号更始。 ㉑ 赧（nǎn）：羞愧而致脸红。 ㉒ 张衡：东汉天文学家、文学家，字平子。范晔：字蔚宗，南朝宋人，著名史学家。 ㉓ 方寸：指心。 ㉔ 年以过立：即年过三十。《论语·为政》："三十而立"。以，通"已"。 ㉕ 徐坚：封东海郡公。与韦述等合撰《初学记》。 ㉖ 伯牙之识钟期：伯牙，春秋时人，善鼓琴，只有知友钟子期完全理解琴意，子期死后，伯牙终身不再鼓琴。 ㉗ 管仲之知鲍叔：春秋齐管仲与鲍叔牙交情深厚，仲尝言："生我者父母，知我者鲍子也。" ㉘ 朱敬则：亳州永城（今属河南）人。长安三年，同凤阁鸾台平章事，兼修国史，著有《十代兴亡论》等。 ㉙ 刘允济：洛州巩（今河南巩县）人。少孤，早年与王勃齐名。长安中，为凤阁舍人，兼修国史。 ㉚ 薛谦光：后改名登，常州义兴（今江苏宜兴）人。少与徐坚、刘知幾齐名。 ㉛ 元行冲：河南（治所在今洛阳）人。所撰《魏典》三十卷，事详文简，为学者所称道。 ㉜ 吴竞：汴州浚仪（今河南开封）人。诏修国史，叙事简核，著有《贞观政要》等。 ㉝ 裴怀古：寿州寿春（治所在今安徽寿县）人。官至幽州都督，为吏民所慕敬，《旧唐书》列入《良吏传》。

知。所有榷扬[34]，得尽怀抱。每云："德不孤，必有邻[35]。"四海之内，知我者不过数子而已矣。

昔仲尼以睿圣明哲[36]，天纵多能[37]，睹史籍之繁文，惧览者之不一，删《诗》为三百篇，约史记以修《春秋》，赞《易》道以黜八索，述《职方》以除九丘，讨论坟、典，断自唐、虞，以迄于周[38]。其文不刊[39]，为后王法，自兹厥后，史籍逾多[40]，苟非命世大才，孰能刊正其失？嗟予小子，敢当此任！其于史传也，尝欲自班、马已降[41]，讫于姚、李、令狐、颜、孔诸书[42]，莫不因其旧义，普加厘革[43]。但以无夫子之名，而辄行夫子之事，将恐致惊末俗，取咎时人，徒有其劳，而莫之见赏。所以每握管叹息，迟回者久之[44]。非欲之而不能，实能之而不敢也。

既朝廷有知意者[45]，遂以载笔见推[46]。由是三为史臣，再入东观[47]。每惟皇家受命[48]，多历年所，史官所编，粗惟纪录。至于纪传及志，则皆未有其书。长安中[49]，会奉诏预修唐史。及今上即位[50]，

㉞ 榷扬：推敲，商讨。 ㉟"德不孤"两句：语出《论语·里仁》。 ㊱ 仲尼：孔子的字。㊲ 天纵：上天所赋予。 ㊳"睹史籍"至"讫于周"九句：皆孔安国《尚书序》原文。八索、九丘、坟（三坟）、典、（五典）相传都是古代书名。八索乃八卦之说，九丘为九州之志，三坟为后人附会称伏羲、神农、黄帝之书，五典为少昊、颛顼、高辛、尧、舜之书。《职方》：《周礼·夏官》有职方氏，掌天下地图，主四方职贡。 ㊴ 不刊：不可磨灭。 ㊵ 逾：通"愈"。 ㊶ 班、马：班固，司马迁。 ㊷ 姚：姚思廉撰《梁书》《陈书》。李：李百药撰《北齐书》。令狐：令狐德棻等撰《周书》。颜：颜师古精于训诂，注《汉书》。孔：孔颖达通经学，与魏征等撰成《隋书》，又与颜师古等撰定《五经正义》。以上诸人均为初唐人。 ㊸ 厘革：改正。 ㊹ 迟回：迟疑，徘徊。㊺ 知意：意恐"音"字之误。 ㊻ 载笔：携带文具记录王事，此指史职。 ㊼ 东观：东汉洛阳南宫。明帝时，命班固等人在此修史，章、和二帝以后为藏书处。后泛指宫中藏书和著书之处。㊽ 皇家受命：指唐王朝开国建立政权。 ㊾ 长安：武则天年号。 ㊿ 今上：唐中宗李显。

又敕撰《则天大圣皇后实录》。凡所著述，尝欲行其旧议。而当时同作诸士及监修贵臣，每与其凿枘相违[51]，龃龉难入[52]。故其所载削，皆与俗浮沈。虽自谓依违苟从，然犹大为史官所嫉。嗟乎！虽任当其职，而吾道不行；见用于时，而美志不遂。郁怏孤愤，无以寄怀。必寝而不言[53]，默而无述，又恐没世之后，谁知予者。故退而私撰《史通》，以见其志。

昔汉世刘安著书[54]，号曰《淮南子》。其书牢笼天地，博极古今，上自太公[55]，下至商鞅[56]。其错综经纬，自谓兼于数家，无遗力矣。然自《淮南》已后，作者无绝。必商榷而言，则其流又众。盖仲尼既殁，微言不行[57]；史公著书，是非多谬[58]。由是百家诸子，诡说异辞，务为小辨[59]，破彼大道，故扬雄《法言》生焉[60]。儒者之书，博而寡要，得其糟粕，失其菁华。而流俗鄙夫，贵远贱近，传兹牴牾，自相欺惑，故王充《论衡》生焉[61]。民者，冥也[62]，冥然罔知，率彼愚蒙，墙面而视[63]。

---

[51] 凿枘："圜凿方枘"的略语。宋玉《九辩》："圜凿而方枘兮，吾固知其鉏铻而难入。"后称不相容为凿枘。 [52] 龃龉(jǔ yǔ)：牙齿参差不齐，喻抵触不合。 [53] 寝：息止。 [54] 刘安：汉高祖孙，袭父封为淮南王。曾招宾客方术之士数千人，集体编写《鸿烈》，后称《淮南鸿烈》，又称《淮南子》。 [55] 太公：吕氏，姜姓，名望，俗称姜太公。佐周灭商，为齐国始祖。 [56] 商鞅：战国时卫人。佐秦孝公变法而致富强。 [57] 微言：精微之言。 [58] "史公"两句：班固说司马迁(自称太史公)作《史记》，"是非颇谬于圣人。" [59] 辨：通"辩"。 [60] 扬雄：西汉文学家，字子云，以文章名世。扬雄曾摹拟《论语》体裁，作《法言》，宣扬儒家传统思想。 [61] 王充：东汉思想家，曾师事班彪，好博览而不守章句。用毕生精力，历时三十年，著成《论衡》。书中疾虚妄而求实证。主张今优于古，抨击当时的迷信思想。 [62] 冥：暗昧，不明事理。 [63] 墙面：即面墙，喻不学，如面向墙而一无所见。

或讹音鄙句，莫究本源，或守株胶柱[64]，动多拘忌，故应劭《风俗通》生焉[65]。五常异禀[66]，百行殊执[67]，能有兼偏，知有长短。苟随才而任使，则片善不遗，必求备而后用，则举世莫可，故刘劭《人物志》生焉[68]。夫开国承家，立身立事，一文一武，或出或处，虽贤愚壤隔，善恶区分，苟时无品藻，则理难铨综，故陆景《典语》生焉[69]。词人属文，其体非一，譬甘辛殊味，丹素异彩，后来祖述，识昧园通，家有诋诃，人相掎摭[70]，故刘勰《文心》生焉[71]。

若《史通》之为书也，盖伤当时载笔之士，其义不纯，思欲辨其指归，殚其体统。夫其书虽以史为主，而余波所及，上穷王道，下掞人伦[72]，总括万殊，包吞千有。自《法言》已降，迄于《文心》而往，固以纳诸胸中，曾不蔕芥者矣[73]。夫其为义也，有与夺焉，有褒贬焉，有鉴诫焉，有讽刺焉。其为贯穿者深矣，其为网罗者密矣，其所商略者远矣，其所发明者多矣。盖谈经者恶闻服、杜之嗤[74]，论史者憎言班、马之失。而此书多讥往哲，喜述前非。获罪于时，固其宜矣。犹冀知音君子，时有观焉。尼父有云[75]："罪我者《春秋》，知我者《春

---

[64] 守株：即守株待兔。胶柱：即胶柱鼓瑟。均喻拘泥不知变通。 [65] 应劭：东汉末年学者。博学多识，著作甚多。所著《风俗通义》，辨物类，释时俗，考论典礼，纠正时俗，虽不主一家，却自有见地。 [66] 五常：仁、义、礼、智、信。 [67] 执：一作"轨"。 [68] 刘劭：三国魏哲学家。著有《人物志》。 [69] 陆景：三国吴名将陆抗之子，陆机兄。著书数十篇，所撰《典语》，或作《典训》，主评品。 [70] 掎摭：指摘。 [71] 刘勰：南朝梁文学理论家，著有《文心雕龙》。 [72] 掞(shàn)：发舒，铺张。 [73] 蔕芥：小梗塞物。比喻心里有疙瘩。 [74] 服：服虔，东汉经学家，治古文经学，著有《春秋左氏传解谊》。杜：杜预，西晋学者，名将。著有《春秋左氏传集解》。 [75] 尼父：指孔子。

秋》”。抑斯之谓也。

昔梁征士刘孝标作《叙传》[76]，其自比于冯敬通者三[77]。而予辄不自揆，亦窃比于扬子云者有四焉。何者？扬雄尝好雕虫小技[78]，老而悔其少作。余幼喜诗赋，而壮都不为，耻以文士得名，期以述者自命。其似一也。扬雄草《玄》[79]，累年不就，当时闻者，莫不哂其徒劳。余撰《史通》，亦屡移寒暑，悠悠尘俗，共以为愚，其似二也。扬雄撰《法言》，时人竞尤其妄[80]，故作《解嘲》以酬之[81]。余著《史通》，见者亦互言其短，故作《释蒙》以拒之[82]。其似三也。扬雄少为范踆、刘歆所重[83]，及闻其撰《太玄经》，则嘲以恐盖酱瓿[84]。然刘、范之重雄者，盖贵其文彩若《长杨》《羽猎》之流耳[85]。如《太玄》深奥，理难探赜[86]，既绝窥逾[87]，故加讥诮。余初好文笔，颇获誉于当时，晚谈史传，遂减价于知己。其似四也。夫才唯下劣，而迹类先贤，是用铭之于心，持以自慰。

抑犹有遗恨，惧不似扬雄者有一焉。何者？雄之《玄经》始成，虽为当时所贱，而桓谭以为数百年外[88]，其书必传。其后张衡、陆绩

⑯ 征士：不就朝廷征聘之士。刘孝标：刘峻，字孝标，南朝梁文学家。 ⑰ 冯敬通：冯衍，字敬通，东汉辞赋家。 ⑱ 雕虫小技：指雕章琢句。 ⑲ 草《玄》：扬雄仿《易经》作《太玄》，提出以“玄”作为宇宙万物根源的学说。 ⑳ 尤：责怪，归咎。 ㉑《解嘲》：扬雄作《太玄》，当时人笑其徒劳无用，故作《解嘲》。文中说《法言》，乃误记。 ㉒《释蒙》：已失传。㉓ 范踆：《汉书》作“范逡”。刘歆：西汉经学家、目录学家。 ㉔“嘲以”句：扬雄作《太玄》，刘歆看了后对他说：“空自苦！今学者有禄利，然尚不能明《易》，又如《玄》何？吾恐后人用覆酱瓿也。”这是刘歆为知音难逢而发的感慨，并非嘲弄之词。刘知幾误记此事。 ㉕《长杨》《羽猎》：《长杨赋》《羽猎赋》，均为扬雄所作。 ㉖ 赜(zé)：精微，深奥。 ㉗ 窥逾：同“窥觎”。㉘ 桓谭：字君山，东汉哲学家、经学家。

果以为绝伦参圣[89]。夫以《史通》方诸《太玄》，今之君山，即徐、朱等数君是也。后来张、陆，则未之知耳。嗟呼！倘使平子不出，公纪不生，将恐此书与粪土同捐，烟烬俱灭。后之识者，无得而观。此予所以抚卷涟洏[90]，泪尽而继之以血也。

---

[89] 张衡：字平子，东汉天文学家、文学家。陆绩，字公纪，汉末人。博学多识，其《述玄》认为扬雄作《玄经》与圣人同趣。 [90] 涟洏：垂泪的样子。

（笑　吟）

忤　时[1]

【题解】

汉明帝大集群儒，在东观修史，将一家独断之学，变作官方集体修撰。唐代亦是如此，自史馆建立之后，每有撰述，必以大臣领衔。这班显贵，大多不学无术，虽有附庸风雅之心，却无扬搉利病之才。加上长官太多，意见不一，十羊九牧，无所适从。由于纲维不张，没有必要的制度保障，那看似严密的组织，繁复的程序，反使弊端丛生。由于小人道长，纲纪日坏，不学无术之徒，沽名钓誉之辈，竞趋其中，弄拙藏愚，嫉贤害能，使史馆成了"素餐之窟宅，尸禄之渊薮"。刘知幾身处其间，目睹其弊，难以忍受，于是上书监修国史的宰相萧至忠，提出辞职，将满腹牢骚，尽情吐出。书中提出五不可，总结了当代作史难成的原因。一篇正旨，已尽于此。本文为《史通》最后一篇，专为收录这篇书信而

---

[1] 选自《史通通释》。

作。浦起龙说《自叙》和《忤时》，函古砥今，屹然分峙，器鉴风稜，不规不随。两文互为表里，“《自叙》主衡史，《忤时》主职史”，《自叙》强调的是作者的才识，《忤时》强调的是作史的环境，虽侧重点不同，但都得出这样一个结论：欲成不朽之作，非不受牵掣，不受压制，不必逢迎，不必媚悦，发自由衷，出自独断不可。

孝和皇帝时②，韦、武弄权③，母媪预政。士有附丽之者④，起家而绾朱紫⑤，予以无所傅会，取摈当时。会天子还京师⑥，朝廷愿从者众。予求番次⑦，在大驾后发日⑧，因逗留不去，守司东都⑨。杜门却扫⑩，凡经三载。或有谮予躬为史臣，不书国事，而取乐丘园⑪，私自著述者。由是驿召至京⑫，令专执史笔。于时小人道长，纲纪日坏，仕于其间，忽忽不乐，遂与监修国史萧至忠等诸官书求退⑬，曰：

仆幼闻《诗》《礼》，长涉艺文，至于史传之言，尤所耽悦。寻夫左史、右史⑭，是曰《春秋》《尚书》⑮；素王、素臣⑯，斯称微婉志

② 孝和皇帝：唐中宗李显，初谥孝和皇帝。 ③ 韦：韦后，唐中宗皇后，勾结武三思等专擅朝政。后毒死中宗，临朝称制。不久，李隆基发动政变，她被杀死于宫中。武：武三思，武则天侄。则天临朝时他被封为梁王，参预军政事。中宗复位后，他又私通韦后，后被杀。④ 附丽：依附。 ⑤ 朱紫：朱衣紫绶，古代高级官员的服色。 ⑥ 天子还京师：武则天光宅元年(684)，废中宗为庐陵王，迁于房州(治所在今湖北房县)，神龙元年(705)，中宗复位。⑦ 番次：轮次更替，指调职。 ⑧ 在大驾后发日：“后”字错置，当作“在后大驾发日”。 ⑨ 东都：洛阳。 ⑩ 杜门却扫：闭门不再扫路迎客。 ⑪ 丘园：丘墟，园圃。多指为隐居之处。⑫ 驿：传递官方文书的车马。 ⑬ 萧至忠：依附韦后、太平公主，官中书令。太平公主谋逆事发，至忠遁入山寺，被捕杀。 ⑭ 左史、右史：官名。周代史官有左史、右史之分。左史记行事，右史记语言。 ⑮《春秋》：多叙历史事迹，属于记事的史书。《尚书》：多载典、谟、训、诰等。属于记言的史书。 ⑯ 素王、素臣：孔子据鲁史修《春秋》，汉人称为素王；而左丘明又

晦⑰。两京、三国⑱，班、谢、陈、习阐其谟⑲；中朝、江左⑳，王、陆、干、孙纪其历㉑。刘、石僭号㉒，方策委于和、张㉓；宋、齐应箓㉔，惇史归于萧、沈㉕。亦有汲冢古篆㉖，禹穴残编㉗。孟坚所亡㉘，葛洪刊其《杂记》㉙，休文所缺㉚，荀绰裁其《拾遗》㉛。凡此诸家，其流盖广。莫不赜彼泉薮㉜，寻其枝叶，原始要终，备知之矣。

若乃刘峻作传㉝，自述长于论才；范晔为书㉞，盛言矜其赞体㉟。

据《春秋》作《传》，故后人尊之为素臣。 ⑰ 微婉志晦：《左传·成公十四年》："《春秋》之称，微而显，志而晦，婉而成章。"即微婉其说，隐晦其文。 ⑱ 两京：指两汉。西汉建都西京长安，东汉建都东京洛阳。 ⑲ 班：班固：撰《汉书》。谢：谢承，吴大帝孙权谢夫人之弟，撰《后汉书》百余卷。陈：陈寿，晋灭吴后，集合三国时官私著作，成《三国志》。习：习凿齿，桓温谋称帝，习凿齿著《汉晋春秋》，推蜀为正统。 ⑳ 中朝：西晋建都洛阳，地处中原，故称中朝。江右：东晋建都建康（今江苏南京），地据江东，又称江右。 ㉑ 王：王隐，晋元帝太兴初，召隐及郭璞为著作郎，令撰《晋史》。陆：陆机，字士衡，世称陆平原，西晋文学家、书法家，曾著《晋纪》。干：干宝，晋元帝时领修国史，著《晋纪》，时称良史。孙：孙盛，著有《魏氏春秋》《晋阳秋》等。 ㉒ 刘：刘曜，十六国时期前赵的建立者，匈奴族。石：石勒，十六国时期后赵的建立者，羯族。 ㉓ 方策：同"方册"，谓典籍。和：前赵和苞，撰《汉赵记》十卷。张：其人不详。 ㉔ 宋、齐应箓：晋末刘裕代晋称帝，都建康，国号宋，史称刘宋。萧道成废宋，自称帝，国号齐，史称南齐。应箓，即"应图受箓"应河图、受箓命来统治天下。 ㉕ 惇史：有德行之人的言行记录，此指史书。萧：梁萧子显撰《南齐书》。沈：梁沈约撰《宋书》。 ㉖ 汲冢：即汲冢书。晋太康二年（281），汲郡人不准盗发魏襄王墓（或言安厘王冢）、得竹书数十车。武帝因名荀勖撰次，以为《中经》。 ㉗ 禹穴残编：禹穴，在浙江绍兴会稽山。传说是夏禹葬地，一说为禹藏书之处。 ㉘ 孟坚：班固字。所亡：谓其所著《汉书》的缺记部分。 ㉙ 葛洪杂记：据《隋书·经籍志》，东晋葛洪撰《西京杂记》六卷，所记西汉遗文轶事，与《汉书》往往稍有差异。 ㉚ 休文：沈约字。所缺：指其《宋书》所缺记。 ㉛ 荀绰拾遗：据《隋书·经籍志》，梁少府谢绰撰《宋拾遗》十卷。《史通·书事》篇亦云："谢拾沈遗"。此处作"荀绰"，乃误记。 ㉜ 赜（zé）：精微，深奥。这里作动词，深究解。泉薮：源流。 ㉝ 刘峻：南朝梁文学家。 ㉞ 范晔：南朝宋史学家。 ㉟ 赞：文体之一种。这里指旧时史书纪传文之末的作者评语，如《史记》"太史公曰"，他史有"论曰""赞曰"等是。

斯又当仁不让，庶几前哲者焉㊱。然自策名仕伍㊲，待罪朝列，三为史臣，再入东观㊳，竟不能勒成国典，贻彼后来者，何哉？静言思之㊴，其不可有五故也。

何者？古之国史，皆出自一家，如鲁、汉之丘明、子长㊵，晋、齐之董狐、南史㊶，咸能立言不朽，藏诸名山。未闻藉以众功，方云绝笔㊷。唯后汉东观，大集群儒，著述无主，条章靡立。由是伯度讥其不实㊸，公理以为可焚㊹，张、蔡二子纠之于当代㊺，傅、范两家嗤之于后叶㊻。今者史司取士，有倍东京㊼。人自以为荀、袁㊽，家自称为政、骏㊾。每欲记一事，载一言，皆阁笔相视，含毫不断，故头白可

㊱ 庶几：将近，差不多，表示一种希望。 ㊲ 策名：书名于策，谓出仕。 ㊳ 东观：东汉洛阳南宫。明帝时，命班固等人在此修史，章、和二帝以后为藏书处。后泛指宫中藏书和著书之处。 ㊴ 静：审，仔细。言：助词无义。 ㊵ 子长：司马迁字。 ㊶ 董狐：春秋时晋国史官。晋灵公十四年（前607），晋卿赵盾因避灵公杀害而出走，未出境，其族人赵穿杀灵公。董狐认为责在赵盾，因在史策上写道："赵盾弑其君。"以宣示于朝。孔子称他为"古之良史"。南史：春秋时齐国史官。齐庄公六年（前548），大夫崔杼杀庄公，太史书曰："崔杼弑其君。"为杼所杀。其弟继书而死者二人。后其弟又书，崔杼方作罢。南史闻太史尽死，执简以往，准备冒死书写。途中听道史官已记载此事，乃还。后世史家多以他和董狐并称，作为"直书"的典型。 ㊷ 绝笔：谓无与伦比的作品。这里指卓绝的史笔。 ㊸"伯度"句：李法，字伯度。汉和帝时上疏，以为朝政苛碎，宦官权重，椒房宠盛；又言史官记事不实，后世有识，寻功计德，必不明信。为此免为庶人。 ㊹"公理"句：仲长统，字公理。东汉末哲学家。曾作诗见志曰："百家杂碎，请用从火。" ㊺ 张：张衡。蔡：蔡邕，东汉末年文学家。 ㊻ 傅：傅玄，西晋哲学家、文学家。范：范晔。 ㊼ 东京：指东汉。 ㊽ 荀：荀悦，东汉末政论家、史学家，撰《汉纪》三十篇。袁：袁宏，东晋文学家、史学家，著《后汉纪》三十卷，与范晔《后汉书》并传。 ㊾ 政：刘向，字子政。西汉经学家、目录学家。骏：刘歆，字子骏。西汉经学家、目录学家。

期，而汗青无日[50]。其不可一也。

前汉郡国计书，先上太史，副上丞相。后汉公卿所撰，始集公府[51]，乃上兰台[52]。由是史官所修，载事为博。爰自近古，此道不行。史官编录，唯自询采，而左、右二史，阙注起居[53]，衣冠百家[54]，罕通行状[55]。求风俗于州郡，视听不该[56]；讨沿革于台阁，簿籍难见。虽使尼父再出，犹且成于管窥[57]；况仆限以中才，安能遂其博物[58]？其不可二也。

昔董狐之书法也，以示于朝；南史之书弑也，执简以往。而近代史局，皆通籍禁门[59]，深居九重[60]，欲人不见。寻其义者，盖由杜彼颜面，防诸请谒故也。然今馆中作者，多士如林，皆愿长喙[61]，无闻龉舌[62]。倘有五始初成[63]，一字加贬，言未绝口而朝野具知，笔未栖毫而搢绅咸诵。夫孙盛实录，取嫉权门[64]；王劭直书，见仇贵

---

[50] 汗青：古代在竹简上写字，先用火炙竹简令汗（即将水蒸发出来），干后易写，又不受虫蛀，称为汗青。引申为书册。 [51] 公府：三公的官府。封建时代中央一级的机构。 [52] 兰台：汉代宫内藏书之处。班固曾任兰台令史，故后世也称史官为兰台。 [53] 注起居：记录帝王的言行。 [54] 衣冠：士大夫的穿戴，也指士大夫、官绅。 [55] 行状：文体名称，记述死者生平行事的文章，也称行述。 [56] 该：具备。 [57] 管窥：即以管窥天，喻所见者狭小。 [58] 博物：博识多知。 [59] 通籍：汉制，将记有姓名、年龄、身份等的竹片挂在宫门外，经核对，合者乃得入宫内，因称记名于门籍为通籍。禁门：即宫中，言门户有禁。 [60] 九重：指宫禁，极言其深远。 [61] 长喙：与长舌同义。喻多言，搬弄是非。 [62] 龉(zé)舌：咬舌。与结舌同义，不敢说话。 [63] 五始：《公羊》家所说的《春秋》章法：一、元年，二、春，三、王，四、正月，五、公即位。元者，气之始；春者，四时之始；王者，受命之始；正月者，政教之始；公即位者，一国之始；是为五始。这里是刚开始写作的意思。 [64] "孙盛"两句：孙盛著《晋阳秋》，词直理正，桓温看后，对孙盛之子说："枋头确实失利，但还不至于像你父所说的那样。这部史书行于世，关系到你家的存亡。"于是孙盛诸子对原书作了改动。枋头，地名，在今河南浚县西东枋城、西枋城，魏晋南北朝时为军事要地，东晋桓温北伐，被前燕慕容垂战败于此。

族[65]，人之情也，能无畏乎？其不可三也。

古者刊定一史，纂成一家，体统各殊[66]，指规咸别[67]。夫《尚书》之教也，以疏通知远为主[68]；《春秋》之义也，以惩恶劝善为先[69]。《史记》则退处士而进奸雄[70]，《汉书》则仰忠臣而饰主阙[71]。斯并曩时得失之列，良史是非之准，作者言之详矣。顷史官注记，多取禀监修，杨令公则云"必须直词[72]"，宗尚书则云"宜多隐恶[73]"。十羊九牧，其令难行；一国三公，适从何在？其不可四也。

窃以史置监修，虽古无式，寻其名号，可得而言。夫言监者，盖总领之义耳。如创纪编年，则年有断限；草传叙事，则事有丰约。或可略而不略，或应书而不书，此刊削之务也。属词比事[74]，劳逸宜均，挥铅奋墨，勤惰须等。某帙某篇，付之此职；某传某志，归之彼官。此铨配之理也[75]。斯并宜明立科条，审定区域。倘人思自勉，则书可立成。今监之者既不指授，修之者又无遵奉，用使争学苟且，务相推避，坐变炎凉，徒延岁月。其不可五也。

凡此不可，其流实多，一言以蔽，三隅自反[76]。而时谈物议，安

---

[65] "王劭"两句：王劭，当作"王韶"。《困学纪闻》引《文粹》语："王韶直书，见仇贵族。"南朝宋王韶之，其作晋史，中叙王珣贪财、王廞作乱。珣子弘、廞子华当时都为显贵，韶之惧为其所害，于是深结徐羡之、傅亮等人。[66] 体统：作品的体裁和纲要。[67] 指归：意旨，意向。[68] "《尚书》"两句：《礼记·经解》："疏通知远，《书》教也。"疏通，通达。[69] "《春秋》"两句：语出《左传·成公十四年》。[70] "《史记》"句：语出《汉书·司马迁传》。[71] "《汉书》"句：语出《傅子》。[72] 杨令公：杨再思，为人巧佞邪媚，能得人主微旨，历事三主，知政十余年，累封至郑国公。[73] 宗尚书：宗楚客，武后从姊子，依附韦后、武三思，官至中书令。韦后败，被杀。[74] 属词比事：连缀文辞，排列史事。亦以泛指撰文记事。[75] 铨配：衡量分配。[76] 三隅自反：犹

得笑仆编次无闻者哉！比者伏见明公[77]，每汲汲于劝诱，勤勤于课责，或云："坟籍事重[78]，努力用心。"或云："岁序已淹[79]，何时辍手？"窃以纲维不举，而督课徒勤，虽威以刺骨之刑[80]，勖以悬金之赏[81]，终不可得也。语曰："陈力就列，不能者止[82]。"所以比者布怀知己，历抵群公[83]，屡辞载笔之官，愿罢记言之职者，正为此尔。

抑又有所未谕，聊复一二言之。比奉高命，令隶名修史，而其职非一。如张尚书[84]、崔、岑二吏部[85]、郑太常等[86]，既迫以吏道，不可拘之史任。以仆曹务多闲，勒令专知下笔[87]。夫以惟寂惟寞，乃使记事记言。苟如其例，则柳常侍、刘秘监、徐礼部等[88]，并门可张罗[89]，府无堆案[90]，何事置之度外，而使各无羁束乎？

必谓诸贤载削非其所长，以仆枪枪铰铰[91]，故推为首最。就如斯理，亦有其说。何者？仆少小从仕，早蹑通班[92]，当皇上初临万邦，未亲庶务，而以守兹介直，不附奸回，遂使官若土牛[93]，弃同刍

类推。物有四隅，故举一隅则可知三隅。 ⑰ 比：近来。 ⑱ 坟籍：古代典籍，这里指史书。 ⑲ 岁序：犹言时令。淹：久留，滞留。 ⑳ 刺骨之刑：指刑罚的惨酷。 ㉛ 勖（xù）：勉励。悬金之赏：秦相国吕不韦命宾客著《吕氏春秋》，书成后，布于咸阳市门，悬千金其上，有能增损一字者，予千金。 ㉜ "陈力就列"两句：语出《论语·季氏》。言在位当施展才力，不能胜任者，应该辞职。 ㉝ 抵：抵触，冒犯。 ㉞ 张尚书：张锡，中宗时，累迁工部尚书，兼修国史。 ㉟ 崔、岑二吏部：崔湜，中宗时官吏部侍郎，与郑愔同知选事，因铨综失序被劾，贬为江州司马，玄宗时赐死。岑羲，中宗时官吏部侍郎，时崔湜、郑愔等皆以贪赃闻，唯羲最守正。 ㊱ 郑太常：郑愔，先后依附张易之、武三思，累迁吏部侍郎，谯王重福作乱，愔预其谋，被诛。 ㊲ 知：主持，执掌。 ㊳ "柳常侍"等三人：不详。 ㊴ 门可张罗：门庭冷落，来客绝少，至能张罗捕雀。 ㊵ 堆案：指文书积压甚多。 ㊶ 枪枪铰铰：浦起龙认为恐即"铁中铮铮，庸中佼佼"之义，即高出一等。 ㊷ 蹑（niè）：登。班：朝班。 ㊸ 土牛：土制的牛。古时于立春造土牛，以劝农耕。

狗[94]。逮銮舆西幸[95]，百寮毕从[96]，自惟官曹务简，求以留后。居台常谓朝廷不知，国家于我已矣。岂谓一旦忽承恩旨，州司临门，使者结辙[97]。既而驱驷马入函关[98]，排千门谒天子。引贾生于宣室，虽叹其才[99]；召季布于河东，反增其愧[100]。明公既位居端揆[101]，望重台衡[102]，飞沉属其顾盼，荣辱由其俯仰[103]。曾不上祈宸极[104]，申之以宠光；佥议搢绅[105]，縻我以好爵[106]。其相见也，直云"史笔阙书，为日已久；石渠扫第[107]，思子为劳。"今之仰追，唯此而已。

抑明公足下独不闻刘炫蜀王之说乎[108]？昔刘炫仕隋，为蜀王侍读。尚书牛弘尝问之曰："君王遇子，其礼如何？"曰："相期高于周、孔[109]，见待下于奴仆。"弘不悟其言，请闻其义，炫曰："吾王每有所疑，必先见访，是相期高于周、孔。酒食左右皆餍[110]，而我余沥不

---

⑭ 刍狗：古代结草为狗，供祭祀之用，祭后弃去。 ⑮ 銮舆：同"銮驾"，天子的车驾。幸：皇帝亲临称幸。 ⑯ 寮：通"僚"。 ⑰ 结辙：车迹交叠，形容车辆络绎不绝。 ⑱ 驷：古代一车套四马。函关：函谷关，在今河南灵宝东北。 ⑲"引贾生"两句：汉文帝思念贾谊，将他召回京师，在宣室中接见，问贾谊鬼神的本原，贾谊谈得十分透彻。文帝听后，叹道："吾久不见贾生，自以为过之，今不及也。"宣室，殿名，在汉未央宫，是皇帝斋戒的地方。 ⑳"召季布"两句：季布为河东守。有人称赞他贤才，汉文帝召他入京，想任他为御史大夫。又有人说他勇猛，酒性上来时难以接近，于是作罢。季布进言道："陛下无故召臣，人必有以臣欺陛下者；今罢去，人必有毁臣者。陛下以一人誉而召臣，一人毁而去臣，臣恐有识闻之，有以窥陛下也。"汉文帝听了，内心惭愧，默不作声。 ㉑ 端揆：尚书省长官。 ㉒ 台衡：指宰辅大臣。 ㉓"飞沉"两句：《文选》刘峻《广绝交论》："飞沉出其顾指，荣辱定其一言。"言掌黜陟大权。 ㉔ 祈：请求。宸极：北极星，为众星所拱，因以比喻帝位。 ㉕ 佥议：与众合议。搢绅：指士大夫。 ㉖ 縻我以好爵：以好官来羁縻我。縻，牛鼻绳。 ㉗ 石渠：石渠阁，是汉代宫中藏书之处，在未央宫殿北。 ㉘ 刘炫：隋经学家，开皇中，奉敕修史。 ㉙ 周孔：周公、孔子。 ㉚ 餍(yàn)：饱。

露[111]，是见待下于奴仆也。”仆亦窃不自揆，辄敢方于鄗宗[112]。何者？求史才则千里降追，语宦途则十年不进。意者得非相期高于班、马，见待下于兵卒乎！

又人之品藻，贵识其性。明公视仆于名利何如哉？当其坐啸洛城[113]，非隐非吏，惟以守愚自得，宁以充诎撄心[114]。但今者黾勉从事[115]，挛拘就役[116]，朝廷厚用其才，竟不薄加其礼。求诸隗始[117]，其义安施？倘使士有淡雅若严君平[118]，清廉如段干木[119]，与仆易地而处，亦将弹铗告劳[120]，积薪为恨[121]。况仆未能免俗，能不蒂芥于心者乎[122]！

当今朝号得人，国称多士。蓬山之下[123]，良直差肩[124]；芸阁之中[125]，英奇接武[126]。仆既功亏刻鹄[127]，笔未获麟[128]，徒殚太官之膳[129]，

---

[111] 余沥：指喝剩的酒。 [112] 鄗宗：知幾与刘炫同姓，故云。 [113] 坐啸：闲坐吟啸，指做官不办事。 [114] 充诎：此作伸屈解。撄：扰乱。 [115] 黾（mǐn）：勉励。 [116] 挛拘：行动拘束，不得自由。 [117] 隗始：燕昭王欲求贤士，以报齐仇。郭隗道：“王必欲得士，请先从隗开始，这样，比我贤能的人，就不远千里而来了。” [118] 严君平：名遵，卜筮于成都市，日得百钱，足以自养，即闭门读《老子》，一生不愿做官。 [119] 段干木：战国初年魏国人。隐居，不受官禄。魏文侯以礼事之，过其门，必伏轼致敬。 [120] “弹铗”句：战国齐孟尝君食客冯谖，因不被重视，弹铗而歌：“长铗归来乎？食无鱼。……”表示对待遇不满而想离去。 [121] “积薪”句：西汉汲黯因过去的下僚都与其同列，有的更受重用。于是对武帝说：“陛下用群臣如积薪耳，后来者居上。” [122] 蒂芥：心里疙瘩。 [123] 蓬山：蓬莱山，传说为仙人所居。这里指蓬莱宫，因中书、门下二省，弘文、史二馆，都设在其内。 [124] 差肩：肩并肩。 [125] 芸阁：古代藏书之所，即秘书省。 [126] 接武：足迹前后相接。武，足迹。 [127] 刻鹄：汉马援《诫兄子严敦书》：“学龙伯高不就，犹为谨饬之士，所谓刻鹄不成尚类鹜者。”言仿效虽不逼真，但还相似。鹄：天鹅。鹜：鸭子。 [128] 获麟：绝笔。传说孔子作春秋至哀公十四年“西狩获麟”止。 [129] 太官：职掌百官膳。

虚索长安之米，迨已本职[130]，还其旧居，多谢简书[131]，请避贤路。唯明公足下，哀而许之。

至忠得书大惭，无以酬答，又惜其才，不许解史任。而宗楚客、崔湜、郑愔等，皆恶闻其短，共仇嫉之。俄而萧、宗等相次伏诛，然后获免于难。

---

⑬⓪ 已：停止。 ⑬① 简书：《诗经·小雅·出车》："岂不怀归，畏此简书。"《传》："简书，戒命也。"这里指选拔委任的公文。

（笑 吟）

王维(？—761)　唐诗人，画家。字摩诘。祖籍太原祁县(今属山西)，迁居蒲州(治所在今山西永济西南)。开元进士，官至尚书右丞。晚年居蓝田辋川，过着亦官亦隐的生活。王维为唐代山水田园诗的代表作家，其诗长于表现玲珑凑泊、无迹可求的境界。兼通音乐，工书法，精绘画，被推为山水画“南宗”之祖。有《王右丞集》。

山中与裴秀才迪书[①]

【题解】

这是王维晚年隐居蓝田山中辋川别业时写的一封信。苏轼称赞王维的作品“诗中有画，画中有诗”。这篇文章，以音乐家对声音特有的感受、画家对色彩巧妙的使用，借诗一般流丽的语言，用静中有动、动中有静的表现手法，描绘了一幅生动逼真的辋川画景。文中写山村的冬夜，幽隽深静，写原野的春光，清新骀荡，同时又透露出一种清高恬淡、聚散无常的禅趣。

近腊月下[②]，景气和畅[③]，故山殊可过[④]。足下方温经[⑤]，猥不敢相烦[⑥]，辄便往山中[⑦]，憩感配寺[⑧]，与山僧饭讫而去。

---

① 选自《王右丞集笺注》。裴迪(716—?)，关中(今陕西)人，与王维志趣相投，曾同居终南山礼佛，相互唱和。② 腊月：农历十二月。下：末尾。③ 景气：景物气候。④ 故山：旧居之山，此指陕西蓝田山。殊：很，极。过：探访。⑤ 足下：古代敬称，多用于同辈之间。温经：温习经书。⑥ 猥：仓猝之间。⑦ 辄(zhé)：每，总是。⑧ 感配寺：当为感化寺。

北涉玄灞[⑨]，清月映郭。夜登华子冈[⑩]，辋水沦连[⑪]，与月上下。寒山远火，明灭林外。深巷寒犬，吠声如豹。村墟夜舂，复与疏钟相间[⑫]。此时独坐，僮仆静默，多思曩昔携手赋诗，步仄径[⑬]，临清流也。

当待春中，草木蔓发，春山可望，轻鲦出水[⑭]，白鸥矫翼[⑮]，露湿青皋[⑯]，麦陇朝雊[⑰]，斯之不远[⑱]，傥能从我游乎？非子天机清妙者，岂能以此不急之务相邀？然是中有深趣矣！无忽[⑲]。因驮黄蘗人往[⑳]，不一[㉑]。

山中人王维白。

---

⑨ 玄：形容水深青色。灞：灞水，源出陕西蓝田，向西北流经长安，入渭河。 ⑩ 华子冈：王维隐居处辋川别墅之一景。 ⑪ 辋水：辋川，在蓝田西南二十里，向北流入灞水。 ⑫ "村墟"两句：村庄夜间舂米之声，与稀疏的寺钟声此起彼伏。 ⑬ 仄径：狭窄的小路。 ⑭ 鲦(tiáo)：白鲦鱼。 ⑮ 矫翼：举翅飞翔。 ⑯ 青皋：泽边青青的水田。 ⑰ 朝雊(gòu)：清晨雉鸟的鸣声。 ⑱ 斯之不远：这些景色离现在不远了。 ⑲ 无忽：不要忽视。 ⑳ 黄蘗(bò)：药材名。 ㉑ 不一：不一一细述。

（蒋维崧）

李白(701—762)　唐诗人。字太白,号青莲居士,人称谪仙。绵州昌明(今四川江油)人,祖籍陇西成纪(今甘肃秦安),一说生于安西都护府碎叶(今吉尔吉斯斯坦托克马克)。天宝初,入长安,任翰林供奉,因不受重视,一年余出京漫游。安史之乱中,曾为永王李璘幕僚。璘败后受牵连,流放夜郎。卒于当涂(今属安徽)。有《李太白全集》。

与韩荆州书[①]

【题解】

本文约作于玄宗开元二十二年(734),当时作者正寓居安陆(今属湖北)。文中希望能得到韩朝宗(时任荆州长史,又以襄州刺史兼山南东道采访使)的识拔,颖脱而出,施展才能。干禄文字,最易作寒酸乞怜之态,但本文却写得飘逸脱俗、豪气逼人,如见轩昂磊落之士,如闻激昂青云之声。既表现了作者欲济苍生的宏愿、不肯低眉折腰的个性,也体现了其独特的清雄奔放的艺术特色。前人说"文如其人",在这篇文章中得到最好的说明。

白闻天下谈士相聚而言曰:"生不用封万户侯,但愿一识韩荆州。"何令人之景慕,一至于此耶!岂不以有周公之风[②],躬吐握之事[③],使海内豪俊奔走而归之,一登龙门[④],则声誉十倍,所以龙盘凤

---

① 选自《李太白全集》。② 周公:姬旦。周武王之弟。③ 躬:亲自。吐握:吐哺握发。《史记·鲁周公世家》载,"周公戒其子伯禽曰:'我一沐(洗头)三捉发,一饭三吐哺,起以待士,犹恐失天下之贤人。'" ④ 登龙门:东汉李膺声名极高,读书人被他接待,称作"登龙门"。

逸之士[5]，皆欲收名定价于君侯[6]。愿君侯不以富贵而骄之，寒贱而忽之，则三千宾中有毛遂[7]，使白得颖脱而出，即其人焉。

白陇西布衣，流落楚汉[8]。十五好剑术，遍干诸侯[9]。三十成文章，历抵卿相[10]。虽长不满七尺，而心雄万夫。王公大人，许与气义[11]。此畴曩心迹[12]，安敢不尽于君侯哉？

君侯制作侔神明[13]，德行动天地，笔参造化[14]，学究天人[15]。幸愿开张心颜，不以长揖见拒[16]。必若接之以高宴，纵之以清谈，请日试万言，倚马可待[17]。今天下以君侯为文章之司命[18]，人物之权衡[19]，一经品题，便作佳士。而君侯何惜阶前盈尺之地，不使白扬眉吐气，激昂青云耶？

昔王子师为豫州[20]，未下车[21]，即辟荀慈明[22]；既下车，又辟孔文

---

⑤ 龙盘凤逸：龙盘蛰，凤散逸，比喻人才未被任用。 ⑥ 收名定价：获得名誉，肯定身价。君侯：古代用以称尊贵者。 ⑦ 毛遂：战国时赵国平原君门客。秦军围赵都邯郸，平原君准备赴楚求援，毛遂自我推荐要求随同去楚。后毛遂果然说服楚考烈王出兵援赵。 ⑧ 楚汉：时李白家于安陆，古属楚国，境内有汉水，所以这样说。 ⑨ 干：干谒。诸侯：泛指地方长官。 ⑩ 历：普遍。抵：接触。 ⑪ 许：赞许。气义：气节道义。 ⑫ 畴曩（chóu nǎng）：往日，从前。 ⑬ 制作：著作，撰述。侔（móu）：齐同，相等。 ⑭ 参：相配。造化：创造化育万物的天地自然。 ⑮ 究：穷尽。天人：天道与人事。 ⑯ 长揖（yī）：拱手高举，自上而下，古代宾主平等相见之礼。 ⑰ 倚马可待：喻文思敏捷。据《世说新语·文学》，东晋桓温北伐，袁宏受命作露布文，倚马而撰，连续写了七张纸。 ⑱ 司命：星名，文昌第四星。这里比喻判定文章优劣的权威。 ⑲ 权：秤锤。衡：秤杆。这里比喻品评人物高下的权威。 ⑳ 王子师：王允，字子师。东汉灵帝时，为豫州（治所在今安徽亳县）刺史。 ㉑ 下车：官员到任。 ㉒ 辟（bì）：征召。荀慈明：荀爽，字慈明。东汉大儒，官至司空。

举㉓。山涛作冀州㉔,甄拔三十余人,或为侍中、尚书,先代所美。而君侯亦荐一严协律㉕,入为秘书郎,中间崔宗之、房习祖、黎昕、许莹之徒㉖,或以才名见知,或以清白见赏。白每观其衔恩抚躬㉗,忠义奋发,以此感激,知君侯推赤心于诸贤腹中㉘,所以不归他人,而愿委身国士㉙。傥急难有用,敢效微躯。

且人非尧舜,谁能尽善?白谟猷筹画㉚,安能自矜?至于制作,积成卷轴,则欲尘秽视听㉛。恐雕虫小技㉜,不合大人。若赐观刍荛㉝,请给纸墨,兼之书人㉞,然后退扫闲轩,缮写呈上。庶青萍、结绿㉟,长价于薛卞之门㊱。幸惟下流㊲,大开奖饰,惟君侯图之。

㉓ 孔文举:孔融,字文举。 ㉔ 山涛:字巨源。晋武帝时,为冀州(治所在今河北高邑西南)刺史。 ㉕ 严协律:据说是严武,但无确证。 ㉖ 崔宗之:李白诗友。曾任礼部员外郎。房习祖:不详。黎昕(xīn):曾任拾遗。许莹:不详。 ㉗ 衔恩:怀念恩惠。抚躬:手拍身体,形容感激奋发。 ㉘“推赤心”句:即推心置腹,以至诚相待。 ㉙ 国士:国中杰出人物,此指韩朝宗。 ㉚ 谟:计谋。猷(yōu):策划。 ㉛ 尘秽:脏物,有沾污之意。自谦词。 ㉜ 雕虫小技:指微不足道的技能。此处李白谦称自己的诗文。 ㉝ 刍(chú):割草。荛(ráo):打柴。刍荛引申为草野之人,这里比喻自己的文章。 ㉞ 书人:抄写者。 ㉟ 青萍:宝剑名。结绿:宝玉名。 ㊱ 长(zhǎng)价:增加身价。薛:薛烛,古代善识剑者。卞:卞和,古代善识玉者。 ㊲ 惟:念。下流:地位低的人。惟亦作“推”,即推恩之意。

(蒋维崧)

春夜宴从弟桃李园序[1]

【题解】

春夜美景，李白与诸堂弟在桃李园设宴高谈，饮酒赋诗，其乐融融。虽不免有浮生若梦的感慨，但总的基调还是明朗乐观的。桃李园的花月之美，有了李氏弟兄的飞觞咏歌，更显得生意盎然。前篇《与韩荆州书》，展现了李白治国安民的大志，啸傲公侯的风骨。本文则流露出纯净的诗心，飘逸的风神。全文仅一百余字，但紧扣题目，将夜、春、桃李园、宴、从弟逐个点出，辞短韵长，读之增人情思。

夫天地者，万物之逆旅也[2]；光阴者，百代之过客也。而浮生若梦，为欢几何？古人秉烛夜游[3]，良有以也[4]。况阳春召我以烟景[5]，大块假我以文章[6]。会桃花之芳园，序天伦之乐事[7]。群季俊秀[8]，皆为惠连[9]；吾人咏歌，独惭康乐[10]。幽赏未已，高谈转清[11]。开琼筵以坐花[12]，飞羽觞而醉月[13]。不有佳咏，何伸雅怀？如诗不成，罚依金谷酒数[14]。

---

① 选自《李太白全集》。又作《春夜宴桃李园序》。 ② 逆旅：客舍。古人以生为寄，以死为归，以天地为万物的客舍。 ③ 秉烛夜游：掌着灯烛趁夜游乐。这是有苦于昼短夜长，人生短促，故及时行乐。 ④ 良：确实。以：缘由。 ⑤ 烟景：春天的艳景，气候温润似含烟雾。 ⑥ 大块：大自然。假：借，提供。文章：形象，色彩。 ⑦ 序：叙。 ⑧ 季：弟。 ⑨ 惠连：谢惠连，南朝宋文学家。谢灵运族弟。10岁能文，与灵运并称“大小谢”。 ⑩ 康乐：谢灵运，南朝宋诗人，小名客儿，陈郡阳夏(今河南太康)人，袭封康乐公。以写山水名胜见长。 ⑪ “幽赏”两句：幽雅的欣赏未完，高雅的谈吐更见清妙。 ⑫ 坐花：坐于花间。 ⑬ 羽觞：酒器。雀鸟状，左右形如两翼，促人速饮。 ⑭ 金谷酒数：西晋石崇筑金谷园，邀友宴饮，席间赋诗，有不能者，罚酒三斗。

(蒋维崧)

李华(715—766)　唐散文家。字遐叔,赵州赞皇(今属河北)人。开元进士,官至吏部员外郎。“安史之乱”中曾受伪职。叛乱平定后,贬为杭州司户参军。后弃官隐居山阳(今江苏淮安)。文与萧颖士齐名,时称“萧李”。其文学理论和古文实践,对韩愈倡导的古文运动有一定影响。有《李遐叔文集》。

吊古战场文[①]

【题解】

作者有感于秦汉以降边境战事频繁,人民长期受难,写下了此文。作者认为战争给人民带来了深重的灾难,而战事不断的原因主要在于统治者想以武力来解决边境矛盾,致使国力耗损,生灵涂炭。只有实行王道,宣扬文教,才能消弭兵灾。作者将对阵亡士卒的凭吊和对边境战事的看法作为贯穿全文的两条线索,交错而下。描写戍边士兵的生活、战斗场景和古战场的肃杀苦寒都很出色。整篇文章,写景、抒情、叙事、议论融为一体,亦景亦情,夹叙夹议,一气流转,颇见功力。

浩浩乎平沙无垠,敻不见人[②]。河水萦带[③],群山纠纷。黯兮惨悴,风悲日曛[④]。蓬断草枯,凛若霜晨。鸟飞不下,兽铤亡群[⑤]。亭长告余曰:“此古战场也。常覆三军[⑥],往往鬼哭,天阴则闻。”伤心哉!秦欤汉欤?将近代欤[⑦]?

---

① 选自《李遐叔文集》。② 敻:通“迥”,远。③ 萦(yíng)带:弯曲如带子一般。④ 曛:昏暗;暮。⑤ 铤(tǐng):疾走。⑥ 常:通“尝”,曾经。三军:泛指军队。⑦“秦欤”两句:意谓

吾闻夫齐魏徭戍，荆韩召募⑧，万里奔走，连年暴露⑨。沙草晨牧，河冰夜渡。地阔天长，不知归路。寄身锋刃，腷臆谁诉⑩？秦汉而还，多事四夷；中州耗斁⑪，无世无之。古称戎夏，不抗王师⑫。文教失宣，武臣用奇；奇兵有异于仁义，王道迂阔而莫为⑬。呜呼噫嘻！吾想夫北风振漠，胡兵伺便⑭。主将骄敌，期门受战⑮。野竖旌旗，川回组练⑯。法重心骇，威尊命贱⑰。利镞穿骨，惊沙入面；主客相搏，山川震眩；声析江河，势崩雷电。至若穷阴凝闭⑱，凛冽海隅⑲；积雪没胫，坚冰在须；鸷鸟休巢⑳，征马踟蹰㉑；缯纩无温㉒，堕指裂肤。当此苦寒，天假强胡㉓，凭陵杀气㉔，以相剪屠。径截辎重，横攻士卒；都尉新降，将军覆没；尸填巨港之岸，血满长城之窟。无贵无贱，同为枯骨。可胜言哉㉕！鼓衰兮力尽，矢竭兮弦绝，白刃交兮宝刀折，两军蹙兮生死决㉖。降矣哉，终身夷狄；战矣哉，骨暴沙

这是秦汉时的战场呢？还是近代的战场？ ⑧“吾闻夫”两句：意谓我听说战国时各国为徭役征戍而招募兵士。 ⑨ 暴露：行、宿于野外，遭受日晒雨淋。 ⑩ 腷(bì)臆谁诉：苦闷的心情向谁诉说？ ⑪ 耗斁(dù)：遭受损坏。斁，败坏。 ⑫“古称”两句：意谓古时候有普天之下不抗拒仁义之师的说法。戎，指少数民族。夏，华夏，此指中原人民。戎夏合称，泛指天下。 ⑬ 王道：儒家主张以仁义礼乐治理天下，称王道，与“霸道”相对。 ⑭ 胡兵：西北少数民族的军队。伺便：这里指乘北风劲吹的有利时机入侵。 ⑮ 期门：军门，营门。 ⑯ 川：平川。回：来回。组练：组甲被练，兵士所穿的两种衣甲，此处喻指军队。 ⑰ 命贱：指兵士不敢顾惜生命。 ⑱ 穷阴凝闭：严冬天阴时，空中寒云凝聚密布。 ⑲ 海隅：海边。 ⑳ 鸷鸟：一种凶猛的鸟。 ㉑ 征马：战马。踟蹰：徘徊不前。 ㉒ 缯纩(zēng kuàng)无温：穿着丝棉衣服也不暖和。纩，絮衣服的新丝棉。 ㉓ 天假强胡：天给强悍的敌人以便利。假，借，借给。 ㉔ 凭陵：凭藉，依仗。杀气：肃杀的天气，指严冬。 ㉕ 可胜言哉：怎能说得尽呢？ ㉖ 蹙(cù)：迫近，接触。

砾！鸟无声兮山寂寂，夜正长兮风淅淅，魂魄结兮天沉沉，鬼神聚兮云幂幂，日光寒兮草短，月色苦兮霜白，伤心惨目，有如是邪㉗！

吾闻之：牧用赵卒㉘，大破林胡，开地千里，遁逃匈奴。汉倾天下，财殚力痡㉙。任人而已，其在多乎？周逐猃狁，北至太原㉚，既城朔方㉛，全师而还；饮至策勋㉜，和乐且闲，穆穆棣棣㉝，君臣之间。秦起长城，竟海为关；荼毒生灵，万里朱殷㉞。汉击匈奴，虽得阴山，枕骸遍野，功不补患。苍苍蒸民㉟，谁无父母？提携捧负，畏其不寿；谁无兄弟？如足如手；谁无夫妇？如宾如友。生也何恩㊱？杀之何咎㊲？其存其没，家莫闻知；人或有言，将信将疑。悁悁心目，寝寐见之㊳。布奠倾觞㊴，哭望天涯。天地为愁，草木凄悲。吊祭不至，精魂何依？必有凶年，人其流离。呜呼噫嘻！时邪命邪？从古如斯！为之奈何？守在四夷㊵。

㉗ 如是：如此。㉘ 牧用赵卒：战国时，赵国名将李牧驻守在雁门郡（治所在今山西右玉南），曾降服林胡，大破匈奴，匈奴首领单于逃走，十余年不敢接近赵国边境。㉙"汉倾天下"两句：西汉初期，匈奴进犯太原，刘邦亲自带兵出击，被匈奴包围在白登（今山西定襄）七天，派间谍贿赂单于夫人才得以解围。此后，汉朝每年向匈奴奉献财物以换取边境安宁。痡（pū），疲劳。㉚"周逐猃狁（xiǎn yǔn）"两句：周宣王时，曾派尹吉甫率军将入侵的少数民族猃狁驱逐到太原一带。㉛ 城：筑城。朔方：治所在今内蒙古杭锦旗北。㉜ 饮至：古代的一种典礼。凯旋后到宗庙告祭，饮酒庆贺。策勋：把功勋写在简策上，并授予有功者官爵。㉝ 穆穆：古代用来称颂天子仪态端庄。棣（dì）棣：形容仪态娴雅安乐。㉞ 朱殷：朱与殷均为红色，这里指血。㉟ 蒸民：众民。㊱ 生也何恩：意谓每个人都有生存的权利。当百姓活着的时候，帝王对他们并无恩典。㊲ 杀之何咎：意谓百姓并无罪过，而帝王把他们驱遣到战场上，使他们丧失了生命。咎，罪过。㊳"悁（yuān）悁"两句：是说兵士的亲属心忧目愁，睡觉时都梦见自己的亲人。悁悁，忧闷的样子。㊴ 布奠倾觞：洒酒祭奠。㊵ 守在四夷：意谓只要实行王道，以仁义治天下，使四方的各个民族都为天子保卫国土，就可消除战争。

（周圣伟）

元结(719—772) 唐文学家。字次山,别称猗玗子、浪士、聱叟、漫郎等。河南鲁县(今河南鲁山县)人,天宝进士。曾抗击安史叛军。代宗时,任道州刺史、容管经略使。作诗不尚浮华,多反映民生疾苦;作文力斥六朝骈俪文风;提倡古文,为韩、柳先驱,内容多涉及时政,愤世嫉俗,忧道悯人。有《元次山集》。

右 溪 记[①]

【题解】

本文记作者任道州刺史时,放情山水,整治城西小溪事,既写溪石幽趣,又抒胸中感慨,文笔清纯雅洁,开柳宗元山水游记的先声。

道州城西百余步[②],有小溪。南流数十步,合营溪[③]。水抵两岸,悉皆怪石,攲嵌盘屈[④],不可名状。清流触石,洄悬激注[⑤]。休木异竹[⑥],垂阴相荫。

此溪若在山野,则宜逸民退士之所游处[⑦];在人间,可为都邑之胜境,静者之林亭[⑧]。而置州已来,无人赏爱,徘徊溪上,为之怅然。

---

① 选自《元次山文集》。 ② 道州:治所在今湖南道县。 ③ 营溪:源出今湖南宁远南,流经道县,北折零陵,西入湘水。 ④ 攲(qī):倾侧不平。嵌(qiàn):填塞。 ⑤“清流触石”两句:流水触到两岸怪石,受到阻挡而回流飞溅。 ⑥ 休木:佳木。 ⑦ 逸民退士:避世隐居之士。 ⑧ 人间:与前文“山野”对称,指人烟稠密处。静者:喜静者。林亭:园林亭台。

乃疏凿芜秽，俾为亭宇[⑨]；植松与桂，兼之香草，以裨形胜[⑩]。为溪在州右[⑪]，遂命之曰“右溪”。刻铭石上，彰示来者[⑫]。

⑨ 俾(bǐ)：使。 ⑩ 裨(bì)：补益。 ⑪ 右：西边。 ⑫ 彰示：明白告示。

（蒋维崧）

时　　化[①]

【题解】

元结写过三篇专门谈“化”(变化)的文章，依次题为《浪翁观化》《时化》《世化》。第一篇阐述哲学范畴的“化”；第三篇强调自然界与人类关系的变化；本文则专讲社会风俗人情的变化，以及由此引起的道德沦丧、礼乐嬗变、人格异化等一系列问题，可以看作是当时社会种种丑恶现象的缩影。

元子闻浪翁说化[②]，化无穷极。因论谕曰：“翁亦未知时之化也多于此乎?”曰：“时焉何化？我未之记。”

元子曰：“於戏[③]！时之化也，道德为嗜欲化为险薄[④]，仁义为贪暴化为凶乱，礼乐为耽淫化为侈靡[⑤]，政教为烦急化为苛酷。翁能

① 选自《元次山文集》。 ② 元子：作者自称。浪翁：山野浪迹老人。为元结虚构人物。③ 於戏：同“呜呼”。 ④ 为：因为。 ⑤ 耽淫：超过常度。

记于此乎？

“时之化也，夫妇为溺惑所化⑥，化为犬豕；父子为惛欲所化⑦，化为禽兽；兄弟为猜忌所化，化为仇敌；宗戚为财利所化，化为行路⑧；朋友为世利所化，化为市儿⑨。翁能记于此乎？

“时之化也，大臣为威权所迩⑩，忠信化为奸谋；庶官为禁忌所拘⑪，公正化为邪佞；公族为猜忌所限⑫，贤哲化为庸愚；人民为征赋所伤，州里化为祸邸⑬；奸凶为恩幸所迫⑭，厮皂化为将相⑮。翁能记于此乎？

“时之化也，山泽化为井陌，或曰尽于草木；原野化为狴犴⑯，或曰殚于鸟兽⑰；江湖化为鼎镬⑱，或曰暴于鱼鳖⑲；祠庙化为宫寝，或曰数于祀祷⑳。翁能记于此乎？

“时之化也，情性为风俗所化，无不作狙狡诈诳之心㉑；声呼为风俗所化，无不作谄媚僻淫之辞㉒；颜容为风俗所化，无不作奸邪蹙促之色㉓。翁能记于此乎？”

---

⑥ 为：被。溺惑：沉湎不悟。⑦ 惛(hūn)欲：昏昧贪欲。⑧ 行路：陌生路人。⑨ 市儿：市井好利之徒。⑩ 迩：迩肆。⑪ 庶官：百官，多指一般官员。拘：约束。⑫ 公族：古代君王与公侯的同族。限：阻隔。⑬ 州里：泛指乡里。祸邸：灾祸寄居之处。⑭ 恩幸：皇帝宠幸。迫：靠近。⑮ 厮皂：厮役与皂隶，引申为服贱役者。⑯ 狴犴(bì àn)：传说中的野兽，形似虎，有威力，故旧时狱门上绘此像，亦作为牢狱的代称。⑰ 殚(dān)：竭尽。⑱ 鼎镬(huò)：古代煮食器，有脚的叫鼎，无脚的叫镬。⑲ 暴：暴殄，糟蹋。⑳ 数：频数。㉑ 狙狡诈诳：狡猾欺骗。㉒ 谄媚僻淫：逢迎邪僻。㉓ 奸邪蹙(cù)促：虚伪拘谨的样子。

（蒋维崧）

陆贽(754—805)　唐政治家。字敬舆,苏州嘉兴(今属浙江)人。少孤,特立不群。大历进士,中博学宏词科。贞元八年(792),任中书侍郎、同平章事。苏轼称赞他"才本王佐,学为帝师。论深切于事情,言不离乎道德。智于子房,而文则过;辩如贾谊,而术不疏"。因裴延龄谮毁,十年冬罢相,次年贬忠州别驾。避谤不复著书,惟撰《集验方》五十卷行于世。卒谥"宣"。遗著有《翰苑集》(又称《陆宣公奏议》)二十二卷。

论叙迁幸之由状[1]

【题解】

德宗建中四年(783),泾原兵入京哗变,立太尉朱泚为秦帝。陆贽随德宗避乱,出奔奉天。当此紧急之时,机务纷集,一日之内,诏书无数,大多出自陆贽之手。据当时人说,陆贽持笔挥书,须臾即成,似乎毫不经意,但曲尽情事,深中肯綮,同僚拱手叹服,不能增损一字。诏书颁布后,即使是武夫悍卒,也都挥涕感奋。而他在这时所上的奏议,论述更加深刻,感情更加诚挚,剖析利害更加分明,言语也更加动人。泾原兵变,是德宗用兵太过、聚敛太甚、刑罚太苛,致使四海不宁、人心浮动的必然结果。但德宗却文过饰非,归诸天命。在当时的情况下,既不能明显地伤害德宗尊严,又要使其悔悟改过,如何措词达意,确非易事。本文援引古今,陈述利害,晓之以理,动之以情,意实愤激,言则委婉。特别是前面写因用兵聚敛而造成的骚乱苦难,满目悲凄,真切动人。像这样的文字,确能使獯狡向风,懦夫增气。虽然德宗以苛刻为能,以猜忌为术,看了也不能不为之

① 选自《陆宣公集》。

动容。曾国藩曾赞叹道:“陆敬舆事多疑之主,驭难驯之将,烛之以至明,将之以至诚,譬如御驽马,登峻坂,纵横险阻,而不失其驰,何其神也!”

臣前日蒙恩召见,陛下叙说泾原叛卒惊犯宫阙②,及初行幸之事③,因自克责,辞旨过深。臣奏云:“陛下引咎在躬④,诚尧、舜至德之意,臣窃有所见,以为致今日之患者,群臣之罪也。”陛下又曰:“卿以君臣之礼,不忍归过于朕,故有此言。然自古国家兴衰,皆有天命,今遇此厄运,虽则是朕失德,亦应事不由人。”未及对诏之间⑤,陛下遂言及宗祧⑥,涕泗交集。主忧臣愤,人理之常,情激于衷,不觉呜咽。旋属游瓌请对⑦,臣言未获毕辞。今辄上烦,以尽愚恳。

臣所谓致今日之患,是群臣之罪者,非敢徒饰浮说,苟宽圣怀,事皆有由,言庶可复⑧。自胡羯称乱⑨,遗患未除,朝廷因循⑩,久务容养,事多僭越⑪,礼阙朝会⑫。陛下神武统天,将一区宇,乃命将

---

② 泾原叛卒惊犯宫阙:《通鉴》载:唐建中四年(783),德宗发泾原诸道兵救襄城。十月,泾原节度使姚令言将兵五千至京城。军士冒雨而来,十分寒冷,都希望能得到重赏,结果却一无所得,只有一些粗食慰劳军队。众人大怒,于是发生哗变。泾原:唐方镇名,治所在泾州(今甘肃泾川北)。 ③ 行幸:皇帝车驾所至为幸,此指德宗避乱出奔奉天(今陕西乾县)。 ④ 躬:自身。 ⑤ 对诏:对答皇上发问。 ⑥ 宗祧:即宗庙。 ⑦ 游瓌:韩游瓌。朱泚攻奉天,韩游瓌率兵三千救难,功第一。 ⑧“事皆有由”两句:我的话,都有事实根据,可以得到验证。 ⑨ 胡羯称乱:玄宗天宝十四载(755)冬,平卢、范阳、河东三镇节度使安禄山(胡人)在范阳(治所在今北京)起兵叛乱,次年称帝,进入长安。 ⑩ 因循:守旧不变,这里有得过且过之意。 ⑪ 僭(jiàn)越:行为超越本分。 ⑫ 阙:通“缺”。朝会:诸侯臣属朝见君王。上二句指安史之乱平后,河北藩镇骄横跋扈情况。

帅，四征不庭⑬。凶渠稽诛⑭，逆将继乱，兵连祸结，行及三年⑮。征师四方，无远不暨⑯，父子诀别，夫妻分离，一人征行，十室资奉，居者有馈送之苦，行者有锋刃之忧，去留骚然，而闾里不宁矣。聚兵日众，供费日多，常赋不充，乃令促限⑰；促限才毕，复命加征⑱；加征既殚，又使别配⑲；别配不足，于是榷算之科设⑳，率贷之法兴㉑。禁防滋章㉒，条目纤碎，吏不堪命，人无聊生。农桑废于征求，膏血竭于笞捶㉓，市井愁苦㉔，室家怨咨㉕，兆庶嗷然㉖，而郡邑不宁矣！边陲之戍，用保封疆；禁卫之师，以备巡警。二者或阙，则生戎心㉗，国之大防，莫重于此。陛下急于靖难㉘，累遣东征，边备空虚，亲军寡弱㉙，寻又搜阅私牧以取马㉚，簿责将家以出兵㉛。凡有私牧者，例元勋贵戚之门；所谓将家者，皆统帅岳牧之后㉜。是乃尝蒙亲委㉝，或著忠劳，复除征徭㉞，固有常典㉟，今忽夺其畜牧，事其子孙㊱，有乞假以给资装㊲，有破产以营卒乘㊳，道路悽悯，

---

⑬ 不庭：背叛不来王庭。 ⑭ 凶渠：元凶。稽诛：稽延未得及时诛戮。 ⑮ 行：将要。 ⑯ 暨(jì)：及，到。 ⑰ 促限：两税初定，夏税无过六月，秋税无过十一月。军兴以后，下令先期征收，吏役督责严峻，称作促限。 ⑱ 加征：建中三年(782)五月，增各道税钱，每千文加二百，称作加征。 ⑲ 别配：朝廷又下令允许诸道量事取资，于是多临时加征，称作别配，犹今言摊派。 ⑳ 榷算：官府对某些物品实行专卖以增加收入。 ㉑ 率贷：官府派人登记豪商富户的家产，所有财货畜产，五分纳一，称作率贷。 ㉒ 滋章：更加明显。 ㉓ 笞捶(chī chuí)：用鞭、杖抽打叫笞；棒打拳击叫捶。 ㉔ 市井：即乡里。 ㉕ 咨：叹息。 ㉖ 兆庶：犹言兆民，指百姓万民。 ㉗ 戎心：指敌国侵略野心。 ㉘ 靖难：平定变乱。 ㉙ 亲军：即亲兵，随身护卫的士兵。 ㉚ 寻：接着。阅：考核。 ㉛ 簿责：根据册籍一一责成。 ㉜ 岳牧：对封疆大吏的泛称。 ㉝ 是：此，这。 ㉞ 复：免除。征徭：赋税和徭役。 ㉟ 常典：常法。 ㊱ 事其子孙：事，此处作动词，言责其子孙出兵。 ㊲ 假：通“借”。 ㊳ 卒乘：古代步曰卒，车曰乘，泛指军队。

部曲感伤[39]，贵位崇勋，孰不解体[40]？加以聚敛之法，毂下尤严[41]。邸第侯王，咸输屋税；稗贩夫妇[42]，毕算缗钱[43]。贵而不见优，近而不见异，其为愤惑，又甚诸方。诛求转繁，庶类恐惧，兴发无已[44]，群情动摇，朝野嚣然，而京邑关畿不宁矣[45]。

陛下又以百度弛废，志期肃清，持义以掩恩，任法以成理，神断失于太速，睿察伤于太精[46]。断速则寡恕于人，而疑似之间不容辩也；察精则多猜于物，而臆度之际未必然也。寡恕则重臣惧祸，反侧之衅易生[47]；多猜则群下防嫌，苟且之风渐扇。是以叛乱继起，怨讟并兴[48]，非常之虞[49]，亿兆同虑。惟陛下穆然凝邃[50]，独不得闻，至使凶卒鼓行[51]，白昼犯阙[52]，重门无结草之御[53]，环卫无谁何之人[54]，自古祸变之兴，未有若斯之易，岂不以乘我间隙，因人携离哉[55]！陛下有股肱之臣[56]，有耳目之任，有谏诤之列，有备卫之司，见危不能竭其诚，临难不能效其死，所谓致今日之患，是群臣之罪者，岂徒言欤！

㊴ 部曲：豪门大族的私人军队。 ㊵ 解体：言人心离散。 ㊶ 毂下：辇毂之下，指京城。 ㊷ 稗贩：小商小贩。 ㊸ 缗(mín)钱：用绳(缗)穿连成串的钱，即贯线，一贯千钱。 ㊹ 兴发无已：言官府征求没有止境。 ㊺ 关畿：京畿，京城及其辖区。 ㊻ 睿(ruì)：明智。常用为称颂皇帝的套语。如睿察、睿览等。 ㊼ 反侧：翻来覆去，睡卧不安，此言心怀疑惧。 ㊽ 讟(dú)：诽谤，怨言。 ㊾ 虞：指可忧之事。 ㊿ 穆然：整肃貌。凝邃：凝神于深远。 ○51 鼓行：古时行军，击鼓则进，鸣金则止，因称行进为鼓行。这里是说公然行动。 ○52 犯阙：侵犯宫阙。 ○53 结草：春秋时晋大夫魏武子临死，命其子魏颗以妾殉葬。魏颗不从命而让妾改嫁。后魏颗与秦力士杜回交战，见一老人结草将杜回绊倒在地，杜被魏捕获。夜间，魏颗梦见一老人对他说："我是你所嫁妇人的父亲。"后因以结草为报恩的典故。 ○54 谁何：稽察诘问时呼喝语，即"是谁？" ○55 携离：背叛。 ○56 股肱：大腿和胳膊。常用来比喻辅佐君王的大臣。

圣旨又以国家兴衰，皆有天命，今遇此厄运，应不由人者。臣志性介劣[57]，学识庸浅，凡是占算秘术，都不涉其源流；至于兴衰大端，则尝闻诸典籍。《书》曰："天视自我人视，天听自我人听[58]。"又曰："德惟一，动罔不吉；德二三，动罔不凶。惟吉凶不僭在人，惟天降灾祥在德[59]。"又曰："天难忱，命靡常；常厥德，保厥位；厥德靡常，九有以亡[60]。"此则天所视听，皆因于人，天降灾祥，皆考其德，非于人事之外，别有天命也。故祖伊责纣之辞曰："我生不有命在天[61]。"武王数纣之罪曰："吾有命，罔惩其侮[62]。"此又舍人事而推天命，必不可之理也。《易》曰："自天祐之，吉无不利[63]。"仲尼以为："祐者，助也。天之所助者，顺也；人之所助者，信也。履信思乎顺，又以尚贤，是以自天祐之，吉无不利[64]。"又曰："危者，安其位者

㊼ 介：耿直。 ㊽"天视"两句：语出《尚书·秦誓》。言上天的视听，都从民意。"人"原作"民"，唐人避太宗李世民讳，改用"人"字。 ㊾"德惟一"六句：语出《尚书·咸有一德》。言人君有纯一之德，动无不吉；如德不纯，动无不凶。吉凶之至，在于人为；天降灾祥，视人德否。罔，无。僭，超越。 ㊿"天难忱"六句：语出《尚书·咸有一德》。言天难信赖，命运无常，人能保持德行，就能安其位，不能保持德行，国家便灭亡。忱(chén)，信赖。靡，无。厥，其。九有，九州，古代中国分九州。 (61) 祖伊：商纣臣。《尚书·西伯戡黎》载：周文王举兵代黎，取其地，祖伊恐，将天命民情可畏之理告诉纣。纣说："我生有命在天，人能拿我怎样？"祖伊反驳道："你罪恶众多，上列于天，天将惩罚你，你能责命于天，拒天诛吗？" (62) 武王数纣之罪：《尚书·泰誓上》载：周武王声讨商纣之罪，说："纣自称有人民，有天命，故群臣畏罪不争，不能惩其傲慢之心。如今恶贯满盈，我奉天命来讨伐他。" (63)"自天佑之"两句：语出《易·大有卦》。 (64)"祐者助也"数句：语出《易·系辞上》。言思想顺乎天，就能得天助，对人诚实守信用，就能得人助；再加上重尚贤人，就能得天人之助，动无不吉。

也；亡者，保其存者也；乱者，有其理者也。故君子安而不忘危，存而不忘亡，理而不忘乱，是以身安而国家可保⑥⑤。”又曰：“视履考祥⑥⑥。”又曰：“吉凶者，得失之象也⑥⑦。”夫《易》之为书，穷变知化，其于性命，可谓研精。及乎论天人祐助之由，辩安危理乱之故，必本于履行得失，而吉凶之报象焉。此乃天命由人，其义明矣。《春秋传》曰：“祸福无门，唯人所召⑥⑧。”又曰：“人受天地之中以生，所谓命也。是以有动作威仪礼义之则以定命。能者养之以福，不能者败以取祸⑥⑨。”《礼记》引《诗》而释之曰：“《大雅》云：‘殷之未丧师，克配上帝。仪监于殷，骏命不易。’言得众则得国，失众则失国也⑦⓪。”又引《书》而释之曰：“《康诰》云：‘惟命不于常。’言善则得之，不善则失之。”此则圣哲之意，六经会通⑦①，皆谓祸福由人，不言盛衰有命。盖人事著于下，而天命降于上。是以事有得失，而命有吉凶，天人之间，影响相准。《诗》《书》已后⑦②，史传相承，理乱废兴，大略可记。

---

⑥⑤“危者，安其位者也”数句：语出《易·系辞下》。前三句是说，由于以往安于其位，不知畏慎，故致今日倾危；由于以往认为能常保其存，不知忧惧，故致今日灭亡；由于以往自恃其理，不知忧虑，故致今日祸乱。“理”字，原作“治”，唐人避高宗李治讳改。 ⑥⑥视履考祥：语出《易·履卦》上九爻辞。王弼注：“祸福之祥（征兆），生乎所履（践行）。……故可视履考（考察）祥也。” ⑥⑦吉凶者，得失之象：语出《易·系辞上》。吉者，得之象；凶者，失之象。 ⑥⑧“祸福无门”两句：语出《左传·襄公二十三年》。 ⑥⑨“人受天地之中”五句：语出《左传》成公十三年，为周大夫刘康公告成肃公之语。中，指中和之气。命，天命。“能者养之以福”，《汉书·五行志》《律历志》均作“能者养以之福”。 ⑦⓪“《礼记》引《诗》”数句：语出《礼记·大学篇》引文。《诗》指《诗经·大雅·文王》。克，能。仪，《诗》作“宜”。监，《诗》作“鉴”。骏，大。骏命，指国运昌盛。 ⑦①六经：指《易》《书》《诗》《礼》《乐》《春秋》等六部儒家经典。 ⑦②已：通“以”。

人事理而天命降乱者，未之有也；人事乱而天命降康者，亦未之有也。

六经之教既如彼，历代明验又如此，尚恐其中有可疑者，臣请复以近事证之。自顷征讨颇频，刑网稍密，物力耗竭，人心惊疑，如居风涛，汹汹靡定。上自朝列，下达烝黎[73]，日夕族党聚谋，咸忧必有变故。旋属泾原叛卒，果如众庶所虞。京师之人，动逾亿计，固非悉知算术，皆晓占书，则明致寇之由，未必尽关天命。伏惟陛下鉴既往之深失，建将来之令图，拯宗社阽危[74]，刷亿兆愤耻，在于审察时变，博询人谋，王化聿修[75]，天祐自至。恐不宜推引厄运，谓为当然，挠追咎之诚，沮惟新之望[76]。

臣闻理或生乱，乱或资理，有以无难而失守，有因多难而兴邦。理或生乱者，恃理而不修也；乱或资理者，遭乱而能惧也。无难失守者，忽万机之重而忘忧畏也[77]；多难兴邦者，涉庶事之艰而知敕慎也[78]。今生乱失守之事，则既往不可复追矣；其资理兴邦之业，在陛下克励而谨修之。当至危至难之机，得其道则兴，失其道则废，其间不容复有所悔也。惟陛下勤思焉，熟计焉，舍己以从众焉，违欲以遵道焉，远憸佞而亲忠直焉[79]，推至诚而去逆诈焉，杜谗沮之路，广谏诤之门焉，扫求利之法，务息人之术焉，录片善片能，以尽群材焉，忘

---

⑦③ 烝黎：平民。 ⑦④ 阽(diàn)危：面临危险。 ⑦⑤ 聿：助词，无义，用于句首或句中。 ⑦⑥ 沮：阻止。 ⑦⑦ 万机：指帝王日常的纷繁政务，也作“万几”。 ⑦⑧ 庶事：诸事。敕慎：整饬谨慎。 ⑦⑨ 憸佞：谄媚奸邪。

小瑕小怨，俾无弃物焉。斯道甚易知，甚易行，不劳神，不苦力，但在约之于心耳。又陛下天资睿哲，有必致之具，安得舍而不为哉？斯道夕誓之于心，则可以感神明，动天地；朝施之于事，则可以服庶类，怀万方。何忧乎乱人，何畏乎厄运，何患乎天下不宁？昔太王以避狄而兴⑧⁰，周文以百里而王⑧¹，是乃因危难而恢盛业，由僻小而阐丕图⑧²。况陛下禀英姿，承宝历⑧³，四海之利权由己，列圣之德泽在人，苟能增修，蔑有不济⑧⁴。至如东北群孽，荏苒逋诛⑧⁵，泾原乱兵，仓卒犯禁⑧⁶，盖上玄保祐陛下⑧⁷，恐陛下神武果断，有轻天下之心，使知艰难，将永福祚耳。伏愿悔前祸以答天戒，新圣化以承天休⑧⁸。勿谓时钟厄运而自疑⑧⁹，勿谓事不由人而自解。勤励不息，足致升平，岂止荡涤妖氛，旋复宫阙而已⑨⁰！愚臣不胜区区忧国奉君之至，诚有所切，辞不觉烦。伏惟陛下不以人废言，不以言废直，千虑一得⑨¹，或有取焉。谨奏。

---

⑧⁰“太王”句：太王，即古公亶父，古代周族领袖，周文王祖父。原居豳，因戎狄侵逼，迁于岐山(今陕西岐山北)下，建筑城郭，设置官吏，开垦荒地，发展生产，使周族逐渐强盛。⑧¹“周文”句：语出《孟子·公孙丑上》。言周文王仅以百里之地，推行仁政，使人心归服而成王业。⑧²阐丕图：开创大计。⑧³宝历：指国祚，即王朝统治的年代。⑧⁴蔑(miè)：无。⑧⁵荏苒：渐进，推移，多指时间而言。逋诛：逃脱诛戮。⑧⁶仓卒：匆促。卒，通“猝”。⑧⁷上玄：《易·坤卦》：“天玄而地黄。”后因称天为玄。⑧⁸天休：天赐福祐。⑧⁹钟：聚集。⑨⁰旋复：回还。⑨¹千虑一得：即愚者千虑，必有一得。

（笑　吟）

论缘边守备事宜状[1]

【题解】

陆贽的奏议，雄文藻思，推古扬今，军国利害，巨细必陈，后人奉为圭臬。《四库全书总目提要》称："其文多出于一时匡救规切之语，而于古今来政治得失之故，无不深切著明，有足为万世龟鉴者，故历代宝重焉。"在形式上，他沿袭燕、许流风，依然用排偶句，但不重用典，不多征事，晓畅明白，纯任自然。尤长于说理，深入浅出，剀切详明，思维清晰，论述严谨，几乎滴水不漏。古文运动兴起后，朝廷制诰和臣僚奏疏，依然通用骈文，在很大程度上是由陆贽奏议的成就和影响造成的。本文作于贞元九年(793)，有见于当时治兵无术，难以制敌，陆贽指出备边六失：措置乖方，课责亏度，财匮于兵众，力分于将多，怨生于不均，机失于遥制。思如泉涌，文若奔流，句句练达物情，语语切中时弊。既无战国策士耸人听闻的奇谲之意，也无六朝以来骈文惯用的藻绘之色，又无自以为是的矜夸之容，更无取悦人主的柔媚之态；但见浩然之气，邃然之养，渊然之学，卓然之识，醇厚朴实，笃挚正大，最集中地体现了陆贽作品的特色。本文洋洋数千言，但《旧唐书》依然不惜篇幅，全文收录。《新唐书》和《通鉴》摘录陆贽文章，也以本篇最详。

臣历览前代史书，皆谓镇抚四夷，宰相之任，不揆暗劣[2]，屡敢上言。诚以备边御戎，国家之重事；理兵足食[3]，备御之大经。兵不理则无可用之师，食不足则无可固之地。理兵在制置得所，足食在敛导有方。陛下幸听愚言，先务积谷，人无加赋，官不费财，坐致边

① 选自《陆宣公集》。② 揆：估量。③ 理兵：治兵。

储，数逾百万。诸镇收籴，今已向终，分贮军城，用防艰急，纵有寇戎之患，必无乏绝之忧。守此成规，以为永制，恒收冗费，益赡边农，则更经二年，可积十万人三岁之粮矣。足食之原粗立，理兵之术未精，敢试筹量，庶备采择。

伏以戎狄为患，自古有之。其于制御之方④，得失之理，备存史籍，可得而言。大抵尊即序者则曰⑤："非德无以化要荒⑥。"曾莫知威不立，则德不能驯也。乐武威者则曰："非兵无以服凶犷⑦。"曾莫知德不修，则兵不可恃也。务和亲者则曰："要结可以睦邻好⑧。"曾莫知我结之，而彼复解之也。美长城者则曰："设险可以固邦国而捍寇仇。"曾莫知力不足而人不堪，则险之不能恃，城之不能有也。尚薄伐者则曰⑨："驱遏可以禁侵暴而省征徭。"曾莫知兵不锐，垒不完，则遏之不能胜，驱之不能去也。议边之要，略尽于斯，虽互相讥评，然各有偏驳⑩。听一家之说，则理例可征；考历代所行，则成败异效。是由执常理以御其不常之势⑪，徇所见而昧于所遇之时⑫。

夫中夏有盛衰⑬，夷狄有强弱，事机有利害，措置有安危，故无必定之规，亦无长胜之法。夏后以序戎而圣化茂⑭，古公以避狄而

④ 制御：统治，支配。 ⑤ 即序：就序。《尚书·禹贡》："西戎即序。" ⑥ 要荒：古代用以称离王城外极远的地方。要，要服。荒，荒服。 ⑦ 凶犷（guǎng）：凶猛蛮横。 ⑧ 要结：邀约，连结。 ⑨ 薄伐：征伐。薄，发语词。 ⑩ 偏驳：不全面。驳，通"駮"。 ⑪ 御：驾御。 ⑫ 徇：曲从。 ⑬ 中夏：中国。 ⑭ 夏后序戎：夏后，古代夏族部落首领禹。序戎，见上注⑤。

王业兴[15]；周城朔方而猃狁攘[16]，秦筑临洮而宗社覆[17]；汉武讨匈奴而贻悔[18]，太宗征突厥而致安[19]；文、景约和亲而不能弭患于当年[20]，宣、元弘抚纳而足以保宁于累叶[21]。盖以中夏之盛衰异势，夷狄之强弱异时，事机之利害异情，措置之安危异便。知其事而不度其时则败，附其时而不失其称则成。形变不同，胡可专一[22]。

夫以中国强盛，夷狄衰微，而能屈膝称臣，归心受制，拒之则阻其向化，灭之则类于杀降，安得不存而抚之，即而序之也？又如中国强盛，夷狄衰微，而尚弃信忤盟，蔑恩肆毒[23]，谕之不变，责之不悛，安得不取乱推亡[24]，息人固境也？其有遇中国丧乱之弊，当夷狄强

---

⑮ 古公避狄：周族领袖古公亶父曾因戎狄侵逼而迁至岐山。 ⑯ "周城朔方"句：《诗经·小雅·出车》："天子命我，城彼朔方，赫赫南仲，猃狁于襄。"朔方，北方。南仲，相传为周宣王大将。猃狁，我国古代北方的少数民族。襄，通"攘"，排斥。 ⑰ 秦筑临洮：秦筑长城，西起临洮(治所在今甘肃岷县)。 ⑱ "汉武"句：《汉书·西域传》载：自武帝开始通西域，接连用兵，长达三十二年，海内虚耗。征和中，贰师将军李广利率军降匈奴，武帝开始有后悔用兵之意。 ⑲ 太宗征突厥：突厥，古代阿尔泰山一带的游牧民族，至隋、唐之际，占有漠北之地，东西万里，势渐强大。贞观四年(630)，唐太宗遣李靖率军东征，在阴山大破突厥。 ⑳ 文、景约和亲：汉文帝(刘恒)六年(174)，以宗女嫁匈奴老上单于，十四年匈奴入寇。后老上死，子军臣单于立，文帝又与之和亲，军臣后又寇边。汉景帝(刘启)时，仍与匈奴和亲，嫁公主。终其世，匈奴时时小入盗边，无大寇。 ㉑ "宣、元"句：汉宣帝(刘询)时，匈奴分裂为两单于，自相残杀。呼韩邪单于败后，左右劝其称臣入朝事汉。郅支单于也遣子入侍。元帝(刘奭)即位，郅支求还侍子，汉遣使送之，郅支杀汉使，其后都护甘延寿与陈汤发西域兵诛之。呼韩邪单于且喜且惧，复入朝，愿为汉婿，元帝以后宫良家子王嫱(字昭君)赐之，单于欢喜，上书愿保塞。累叶，数代。 ㉒ 胡：何。 ㉓ 蔑恩肆毒：抛弃恩德，恣行侵害。 ㉔ 取乱推亡：《尚书·仲虺之诰》："兼弱攻昧，取乱侮亡。"注："弱则兼之，暗则攻之。乱则取之，有亡形则侮之。"又："推亡固存"。注："有亡道则推而亡之，有存道则辅而固之。"

盛之时，图之则彼衅未萌，御之则我力不足，安得不卑词降礼，约好通和，啖之以利㉕，以引其欢心，结之以亲，以纾其交祸㉖？纵不必信，且无大侵，虽非御戎之善经㉗，盖时事亦有不得已而然也。倘或夷夏之势，强弱适同，抚之不宁，威之不靖，力足以自保，势不足以出攻，安得不设险以固军，训师以待寇，来则薄伐以遏其深入，去则攘斥而戒于远追？虽非安边之令图，盖势力亦有不得已而然也。故夏之即序，周之于攘㉘，太宗之剪乱㉙，皆乘其时而善用其势者也；古公之避狄，文、景之和亲，神尧之降礼㉚，皆顺其时而不失其称者也；秦皇之长城，汉武之穷讨，皆知其事而不度其时者也。向若遇孔炽之势㉛，行即序之方，则见侮而不从矣；乘可取之资，怀畏避之志，则失机而养寇矣；有攘却之力，用和亲之谋，即示弱而劳费矣；当降屈之时，务剪伐之略，则召祸而危殆矣。故曰：知其事而不度其时则败，附其时而不失其称则成。是无必定之规，亦无长胜之法。得失著效，不其然欤！

至于察安危之大情，计成败之大数，百代之不变易者，盖有之矣。其要在于失人肆欲则必蹶，任人从众则必全。此乃古今所同，而物理之所一也。国家自禄山构乱㉜，肃宗中兴㉝，撤边备以靖中

㉕ 啖（dàn）：以食物给人吃，引申为利诱。 ㉖ 纾：解除。 ㉗ 善经：常道，常行的好办法。 ㉘ 攘：即攘斥。 ㉙ 剪乱：消灭祸乱。 ㉚ 神尧降礼：唐高祖李渊，尊号为神尧皇帝。唐初突厥颉利可汗承父兄之资，兵马强盛，有侵陵中国之志。李渊以中原初定，无暇外顾，只能宽容优待，故赐与不可胜计。 ㉛ 孔炽（chì）：大势猛烈。孔，副词，很，甚。这里喻敌大肆侵犯。 ㉜ 禄山构乱：玄宗天宝十四载（755）冬，平卢、范阳、河东三镇节度使安禄山在范阳（治所在今北京）起兵叛乱，次年称帝，进入长安。 ㉝ 肃宗中兴：安史之乱第二年，唐玄宗逃亡四川，其子肃宗（李亨）即位于灵武，在位期间，任用郭子仪等名将收复长安、洛阳，平定内乱。

邦[34]，借外威以宁内难。于是吐蕃乘衅[35]，吞噬无厌，回纥矜功[36]，冯凌亦甚[37]。中国不遑振旅[38]，四十余年。使伤耗遗氓，竭力蚕织，西输贿币[39]，北偿马资[40]，尚不足塞其烦言，满其骄志；复又远征士马，列戍疆陲，犹不能遏其奔冲，止其侵侮。小入则驱略黎庶[41]，深入则震惊邦畿[42]。时有议安边之策者，多务于所难而忽于所易，勉于所短而略于所长。遂使所易所长者，行之而其要不精；所难所短者，图之而其功靡就。忧患未弭，职斯之由[43]。

夫制敌行师，必量事势，势有难易，事有后先。力大而敌脆，则先其所难，是谓夺人之心，暂劳而久逸者也；力寡而敌坚，则先其所易，是谓固国之本，观衅而后动者也。顷属多故[44]，人劳未瘳[45]，而欲广发师徒，深践寇境，复其侵地，攻其坚城，前有胜负未必之虞，后有馈运不继之患[46]，倘或挠败，适所以启戎心而挫国威，以此为安边之谋，可谓不量事势，而务于所难矣。

天之授者，有分事，无全功；地之产者，有物宜，无兼利。是以五方之俗[47]，长短各殊，长者不可逾，短者不可企[48]。勉所短而校其所长，必殆；用所长而乘其所短，必安。强者乃以水草为邑居，以射猎

㉞ 中邦：中国。 ㉟ 吐蕃：古代藏族所建立的政权。 ㊱ 回纥：其先匈奴，散居漠北。后与仆固等部成立联盟，总称回纥。唐朝曾借兵回纥，攻打安史叛军。 ㊲ 冯凌：同“凭陵”，侵犯，进逼。 ㊳ 振旅：整顿部队。 ㊴ 西输贿币：指德宗给吐蕃绢万匹。贿，财物。 ㊵ 北偿马资：指肃宗时，回纥将驽瘠无用之马，卖给唐朝，每匹马四十缣。 ㊶ 黎庶：庶民百姓。 ㊷ 邦畿：国境。此指京城地区。 ㊸ 职斯之由：主要由于这些原因。职，主要。 ㊹ 顷：近来。 ㊺ 瘳(chōu)：病愈。 ㊻ 馈运：运输。 ㊼ 五方：东西南北中。 ㊽ 企：企及。

供饮茹[49]，多马而尤便驰突，轻生而不耻败亡，此戎狄之所长也。戎狄之所长，乃中国之所短。而欲益兵蒐乘[50]，角力争驱，交锋原野之间，决命寻常之内[51]，以此为御寇之术，可谓勉所短而较其所长矣。务所难，勉所短，劳费百倍，终于无成，虽果成之，不挫则废。岂不以越天授而违地产，亏时势以反物宜者哉！

将欲去危就安，息费从省，在其慎守所易，精用所长而已。若乃择将吏以抚宁众庶，修纪律以训齐师徒，耀德以佐威，能迩以柔远[52]，禁侵掠之暴以彰吾信，抑攻取之议以安戎心，彼求和则善待而勿与结盟，彼为寇则严备而不务报复，此当今之所易也。贱力而贵智，恶杀而好生，轻利而重人，忍小而全大，安其居而后动，俟其时而后行。是以修封疆，守要害，堑蹊隧[53]，垒军营，谨禁防，明斥候[54]，务农以足食，练卒以蓄威，非万全不谋，非百克不斗。寇小至则张声势以遏其入，寇大至则谋其人以邀其归[55]。据险以乘之，多方以误之，使其勇无所加，众无所用，掠则靡获，攻则不能，进有腹背受敌之虞，退有首尾难救之患，所谓乘其弊，不战而屈人之兵，此中国之所长也。我之所长，乃戎狄之所短，我之所易，乃戎狄之所难。以长制短，则用力寡而见功多；以易敌难，则财不匮而事速就。舍此不务，而反为所乘，斯谓倒持戈矛，以镈授寇者也[56]。今则皆务之矣，然犹

---

[49] 茹：吃。 [50] 蒐乘：简阅车马。 [51] 寻常：八尺为寻，倍寻为常。指短距离或小面积。 [52] 能迩柔远：《诗经·大雅·民劳》："柔远能迩，以定我王。"柔，安抚。能，亲善，和睦。 [53] 堑：挖掘。蹊隧：道路。 [54] 斥候：即斥堠，放哨。 [55] 邀：阻截。 [56] 镈：戈柄下端圆锥形的铜套。

封守未固[57]，寇戎未惩者，其病在于谋无定用，众无适从。所任不必才，才者不必任；所闻不必实，实者不必闻；所信不必诚，诚者不必信；所行不必当，当者未必行。故令措置乖方，课责亏度[58]，财匮于兵众，力分于将多，怨生于不均，机失于遥制。臣请为陛下粗陈六者之失，惟明主慎听而熟察之。

臣闻工欲善其事，必先利其器；武欲胜其敌，必先练其兵。练兵之中，所用复异。用之于救急，则权以纾难；用之于暂敌，则缓以应机。故事有便宜而不拘常制[59]，谋有奇诡而不徇众情，进退死生，唯将所命，此所谓攻讨之兵也。用之于屯戍，则事资可久，势异从权；非物理所惬不宁[60]，非人情所欲不固。夫人情者，利焉则劝，习焉则安，保亲戚则乐生，顾家业则忘死，故可以理术驭，不可以法制驱，此所谓镇守之兵也。夫欲备封疆，御戎狄，非一朝一夕之事，固当选镇守之兵以置焉。古之善选置者，必量其性习，辨其土宜，察其技能，知其欲恶，用其力而不违其性，齐其俗而不易其宜，引其善而不责其所不能，禁其非而不处其所不欲。而又类其部伍[61]，安其室家，然后能使之乐其居，定其志，奋其气势，结其恩情。抚之以惠则感而不骄，临之以威则肃而不怨，靡督课而人自为用，弛禁防而众自不携[62]。故出则足兵，居则足食，守则固，战则强。其术无他，便于人情而已矣。今者散征士卒，分戍边陲，更代往来，以为守备，是则

---

[57] 封守：守卫疆域。[58] 课责：考核责成。[59] 便宜：因利乘便，见机行事。[60] 物理所惬：在常理方面使人信服满意。[61] 类：作动词用，分类。[62] 携：离心。

不量性习，不辨土宜，邀其所不能[63]，强其所不欲，求广其数而不考其用，将致其力而不察其情，斯可以为羽卫之仪[64]，而无益于备御之实也。何者？穷边之地，千里萧条，寒风裂肤，惊沙惨目，与豺狼为邻伍，以战斗为嬉游，昼则荷戈而耕，夜则倚烽而觇[65]，日有剽害之虑[66]，永无休暇之娱，地恶人勤，于斯为甚。自非生于其域，习于其风，幼而睹焉，长而安焉，不见乐土而不迁焉，则罕能宁其居而狎其敌也[67]。关东之壤[68]，百物阜殷，从军之徒，尤被优养，惯于温饱，狎于欢康，比诸边隅，若异天地。闻绝塞荒陬之苦[69]，则辛酸动容；聆强蕃劲虏之名[70]，则慑骇夺气。而乃使之去亲族，舍园庐，甘其所辛酸，抗其所慑骇，将冀为用，不亦疏乎！矧又有休代之期[71]，无统帅之驭，资奉若骄子，姑息如倩人[72]，进不邀之以成功，退不处之以严宪。其来也咸负得色[73]，其止也莫有固心，屈指计归，张颐待饲[74]。侥幸者犹患还期之赊缓[75]，恒念戎丑之充斥[76]。王师挫伤，则将乘其乱离，布路东溃。情志且尔，得之奚为？平居则殚耗资储，以奉浮冗之众；临难则投弃城镇，以摇远近之心；其弊岂唯无益哉，固亦将有所挠也。复有抵犯刑禁，谪徙军城，意欲增户实边，兼令展效自赎。

---

⑥③ 邀：求。 ⑥④ 羽卫：仪仗，仪仗队。 ⑥⑤ 烽：烽火。觇(zhān)：探看。 ⑥⑥ 剽害：抢劫杀害。 ⑥⑦ 狎：习惯，安习。 ⑥⑧ 关东：函谷关或潼关以东地区。 ⑥⑨ 绝塞：绝远的边塞。荒陬(zōu)：荒远的角落。 ⑦⓪ 蕃：通“番”，旧指西部和西南部的少数民族。在唐代，常指藏族。 ⑦① 矧(shěn)：况且。 ⑦② 倩人：美人。 ⑦③ 得色：即“德色”。自以为有恩于人而形于颜色。得，通“德”。 ⑦④ 张颐待饲：张着嘴坐等吃的东西。颐，腮，下颌。 ⑦⑤ 赊(shē)：久远。缓：迟到。 ⑦⑥ 充斥：多众，比比皆是。

既是无良之类，且加怀土之情，思乱幸灾，又甚戍卒，适足烦于防卫，谅无望于功庸⑦，虽前代时或行之，固非良算之可遵者也。复有拥旄之帅，身不临边，但分偏师⑧，俾守疆埸。大抵军中壮锐，元戎例选自随⑨，委其疲羸，乃配诸镇。节将既居内地，精兵只备纪纲⑩，遂令守要御冲⑪，恒在寡弱之卒。寇戎每至，力势不支，入垒者才足闭关，在野者悉遭劫执，恣其芟蹂⑫，尽其搜驱。比及都府闻知，虏已克获旋返。且安边之本，所切在兵，理兵若斯，可谓措置乖方矣。

夫赏以存劝，罚以示惩，劝以懋有庸⑬，惩以威不恪⑭。故赏罚之于驭众也，犹绳墨之于曲直⑮，权衡之于重轻⑯，輗軏之所以行车⑰，衔勒之所以服马也⑱。驭众而不用赏罚，则善恶相混而能否莫殊；用之而不当功过，则奸妄宠荣而忠实摈抑。夫如是，若聪明可衒⑲，律度无章，则用与不用，其弊一也。自顷权移于下，柄失于朝，将之号令既鲜克行之于军，国之典常又不能施之于将⑳，务相遵养㉑，苟度岁时。欲赏一有功，翻虑无功者反侧；欲罚一有罪，复虑同恶者忧虞。罪以隐忍而不彰，功以嫌疑而不赏，姑息之道，乃至于斯！故使忘身效节者，获诮于等夷㉒；率众先登者，取怨于士卒；偾军蹙国者㉓，不怀于愧畏；缓救失期者，自以为智能。褒贬既阙而不

---

⑦ 功庸：功劳。⑧ 偏师：全军的一部分，以别于主力。⑨ 元戎：主帅。⑩ 纪纲：管理。后用以指仆人。⑪ 御冲：抵抗敌人进攻。⑫ 芟蹂：杀戮蹂躏。⑬ 懋(mào)：勉励。⑭ 恪(kè)：恭敬。⑮ 绳墨：匠人以绳濡墨打直线。⑯ 权：秤锤。衡：秤杆。⑰ 輗軏(ní yuè)：放在辕的前端与车衡衔接处的销钉。⑱ 衔勒：御马的衔铁和笼头。⑲ 衒：自我矜夸。⑳ 典常：常法，常规。㉑ 遵养：言相率养恶。㉒ 等夷：同辈。㉓ 偾军蹙国：言战败

行[94]，称毁复纷然相乱，人虽欲善，谁为言之？况又公忠者直己而不求于人，反罹困厄；败挠者行私而苟媚于众，例获优崇。此义士所以痛心，勇夫所以解体也。又有遇敌而所守不固，陈谋而其效靡成，将帅则以资粮不足为词，有司复以供给无阙为解[95]。既相执证，理合辨明，朝廷每为含糊，未尝穷究曲直，措理者含声而靡诉，诬善者罔上而不惭[96]。驭将若斯，可谓课责亏度矣。

课责亏度，措置乖方，将不得竭其才，卒不得尽其力，屯集虽众，战阵莫前。虏每越境横行，若涉无人之地，递相推倚，无敢谁何。虚张贼势上闻，则曰兵少不敌。朝廷莫之省察，唯务征发益师，无裨备御之功[97]，重增供亿之弊[98]。闾井日耗[99]，征求日繁，以编户倾家破产之资[100]，兼有司榷盐税酒之利[101]，总其所入，半以事边。制用若斯，可谓财匮于兵众矣。

今四夷之最强盛，为中国甚患者，莫大于吐蕃。举国胜兵之徒[102]，才当中国十数大郡而已，其于内虞外备，亦与中国不殊。所能寇边，数则盖寡。且又器非犀利，甲不坚完，识迷韬钤[103]，艺乏趫敏[104]。动则中国惧其众而不敢抗，静则中国惮其强而不敢侵，厥理何哉[105]？良以中国之节制多门，蕃丑之统帅专一故也。夫统帅专

失地。偾：败坏。蹙：减缩。[94] 阙：通“缺”。[95] 有司：官吏。古代设官分职，事各有专司。[96] 罔上：欺瞒朝廷。[97] 裨：增益。[98] 供亿：按需供应。亿：估量。[99] 闾井：村落，街坊。此指平民百姓家。[100] 编户：编入户籍的平民。[101] 榷盐：官府食盐专卖，后也指征收盐税。[102] 胜兵：力能当兵的人。[103] 韬钤：兵书《六韬》及《玉钤篇》的合称。亦指用兵谋略。[104] 趫(qiáo)敏：敏捷善走。[105] 厥：其。

一，则人心不分；人心不分，则号令不贰；号令不贰，则进退可齐；进退可齐，则疾徐如意；疾徐如意，则机会靡愆[106]；机会靡愆，则气势自壮。斯乃以少为众，以弱为强，变化翕辟[107]，在于反掌之内。是犹臂之使指，心之制形，若所任得人，则何敌之有？夫节制多门，则人心不一；人心不一，则号令不行；号令不行，则进退难必；进退难必，则疾徐失宜；疾徐失宜，则机会不及；机会不及，则气势自衰。斯乃勇废为尪[108]，众散为弱，逗挠离析[109]，兆乎战阵之前。是犹一国三公[110]，十羊九牧[111]，欲令齐肃，其可得乎？开元、天宝之间[112]，控御西北两蕃[113]，唯朔方、河西、陇右三节度而已[114]，犹虑权分势散，或使兼而领之。中兴已来，未遑外讨，侨隶四镇于安定[115]，权附陇右于扶风[116]，所当西北两蕃，亦朔方、泾原、陇右、河东四节度而已[117]，关东戍卒，至则属焉。虽委任未尽得人，而措置尚存典制。自顷逆泚诱泾原之众叛[118]，怀光污朔方之军[119]，割裂诛锄，所余无几。而又分朔方之地，建牙拥节者[120]，凡三使

---

⑯ 愆：丧失。 ⑰ 翕辟：集合与分开。 ⑱ 尪（wāng）：怯弱。 ⑲ 逗挠：曲行而观望。 ⑳ 一国三公：令出多头，事权不一，使人无所适从。 ⑪ 十羊九牧：本喻民少官多，这里指节制多门。 ⑫ 开元、天宝：唐玄宗（李隆基）年号。 ⑬ 两蕃：指回纥、吐蕃。 ⑭ 朔方：治所在灵州（今宁夏灵武西南）。河西：治所在凉州（今甘肃武威）。陇右：治所在鄯州（今青海乐都）。 ⑮ 侨隶：寄属。安定：泾州亦称安定郡。 ⑯ 权附：暂时附属代理。扶风：凤翔府本岐州，又称扶风郡。 ⑰ 泾原：治所在泾州（今甘肃泾川北）。河东：治所在太原（今山西太原西南晋源镇）。 ⑱ 逆泚：朱泚，原任卢龙节度使，建中三年（782），因弟朱滔叛唐，被免职。次年，泾原兵变，德宗出奔奉天，他被叛军拥立为帝，不久被杀。 ⑲ 怀光：李怀光，原为郭子仪裨将，德宗初立，罢子仪兵柄，以部将分领，怀光任朔方节度使。后怀异志，被部将所杀。 ⑳ 建牙：牙，军前大旗，古代出兵，在军前树立大旗，称建牙。拥节：持有符节。

焉。其余镇军，数且四十，皆承特诏委寄，各降中贵监临[121]，人得抗衡[122]，莫相禀属。每俟边书告急，方令计会用兵[123]，既无军法下临，唯以客礼相待。是乃从容拯溺，揖让救焚，冀无阽危，固亦难矣。夫兵以气势为用者也，气聚则盛，散则消；势合则威，析则弱。今之边备，势弱气消，建军若斯，可谓力分于将多矣。

理戎之要，最在均齐。故军法无贵贱之差，军实无多少之异[124]，是将所以同其志而尽其力也。如或诱其志意，勉其艺能，则当阅其材，程其勇[125]，校其劳逸，度其安危，明申练核优劣之科[126]，以为衣食等级之制，使能者企及，否者息心，虽有厚薄之殊，而无觖望之衅[127]。盖所谓日省月试，饩廪称事[128]，如权重之无情于物[129]，万人莫不安其分而服其平也。今者穷边之地、长镇之兵，皆百战伤夷之余[130]，终年勤苦之剧。角其所能则练习[131]，度其所处则孤危，考其服役则劳，察其临敌则勇。然衣粮所给，唯止当身，例为妻子所分，常有冻馁之色。而关东戍卒，岁月践更[132]，不安危城，不习戎备，怯于应敌，懈于服劳。然衣粮所颁，厚逾数等，继以茶药之馈，益以蔬酱之资，丰约相形，悬绝斯甚。又有素非禁旅[133]，本是边军，将校诡为媚词，因请遥隶神策[134]，不离旧所，唯改虚名，其于廪赐之饶，遂有三倍之益。

---

[121] 中贵：显贵的侍从宦官。 [122] 抗衡：犹对抗，言不相下。 [123] 计会：思考，盘算。 [124] 军实：军用物资。 [125] 程：度量。 [126] 练核：精细务实。科：条律。 [127] 觖望：怨望，不满、怀恨。 [128] 饩廪：粮食之类生活物资。 [129] 权重：称物轻重。 [130] 伤夷：创伤、受伤的人。 [131] 角：较量。练习：熟悉、谙习。 [132] 践更：贫者得钱，代当值应征者为卒，称践更。这里作更替解。 [133] 禁旅：禁军，皇帝的亲军。 [134] 神策：唐代禁军名。

此则侪类所以忿恨[135]，忠良所以忧嗟，疲人所以流亡，经费所以褊匮[136]。夫事业未异而给养有殊，人情不能甘也。况乎矫佞行而廪赐厚，绩艺劣而衣食优，苟未忘怀，孰能无愠？不为戎首[137]，则已可嘉，而欲使其协力同心，以攘寇难，虽有韩、白、孙、吴之将[138]，臣知其必不能焉。养士若斯，可谓怨生于不均矣。

凡欲选任将帅，必先考察行能，然后指以所授之方，语以所委之事，令其自揣可否，自陈规模：须某色甲兵，藉某人参佐，要若干士马，用若干资粮，某处置营，某时成绩，始终要领，悉俾经纶。于是观其计谋，校其声实，若谓材无足取，言不可行，则当退之于初，不宜贻虑于其后也；若谓志气足任，方略可施，则当要之于终[139]，不宜掣肘于其间也[140]。夫如是，则疑者不使，使者不疑。劳神于选才，端拱于委任[141]。既委其事，既足其求，然后可以核其否臧[142]，行其赏罚。受其赏者不以为滥，当其罚者无得而辞。付授之柄既专，苟且之心自息。是以古之遣将帅者，君亲推毂而命之曰[143]："自阃以外[144]，将军裁之。"又赐鈇钺，示令专断。故军容不入国[145]，国容不入军[146]，将在军，君命有所不受。诚谓机宜不可以远决，号令不可以两从，未有委任不专，而望其克敌成功者也。自顷边军去就，裁断多出宸衷[147]。选

---

[135] 侪类：同辈，等类。 [136] 褊匮：缺乏。 [137] 戎首：战争主谋，这里指首先作乱之人。 [138] 韩、白、孙、吴：韩信、白起、孙膑、吴起，皆古名将。 [139] 要：通"徼"，求取。 [140] 掣肘：牵制。 [141] 端拱：言帝王敛手无为而治。 [142] 否(pǐ)臧：成败善恶。 [143] 毂：车轮轴。 [144] 阃(kǔn)：国门。阃外，指统兵在外。 [145] 军容：军队的仪容，指军队的礼节、风纪及装备。 [146] 国容：国家的礼制仪节。以上二语，出《司马法·天子之义》。 [147] 宸衷：帝王心意。

置戎臣，先求易制，多其部以分其力，轻其任以弱其心，虽有所惩，亦有所失。遂令分阃责成之义废，死绥任咎之志衰[148]，一则听命，二亦听命，爽于军情亦听命[149]，乖于事宜亦听命。若所置将帅必取于承顺无违，则如斯可矣；若有意乎平凶靖难，则不可也。夫两强相接，两军相持，事机之来，间不容息，蓄谋而俟，犹恐失之，临时始谋，固已疏矣。况乎千里之远，九重之深，陈述之难明，听览之不一，欲其事无遗策[150]，虽圣者亦有所不能焉。设使谋虑能周，其如权变无及！戎虏驰突，迅如风飚，驿书上闻，旬月方报。守土者以兵寡不敢抗敌，分镇者以无诏不肯出师，逗留之间，寇已奔逼。托于救援未至，各且闭垒自全，牧马屯牛，鞠为椎剽[151]；啬夫樵妇[152]，罄作俘囚[153]。虽诏诸镇发兵，唯以虚声应援，互相瞻顾，莫敢遮邀[154]。贼既纵掠退归，此乃陈功告捷，其败丧则减百而为一，其捃获则张百而成千[155]。将帅既幸于总制在朝，不忧罪累；陛下又以为大权由己，不究事情。用师若斯，可谓机失于遥制矣。

理兵而措置乖方，驭将而赏罚亏度，制用而财匮，建军而力分，养士而怨生，用师而机失：此六者，疆埸之蟊贼[156]，军旅之膏肓也[157]。蟊贼不除，而但滋之以粪溉，膏肓不疗，而苟啖之滑甘，适足以养其

[148] 死绥：退军为绥。军败而退，将当殉职，称死绥。 [149] 爽：差错，过失。 [150] 遗策：失算。 [151] 椎剽：椎杀抢掠。 [152] 啬夫：田夫。 [153] 罄：尽。 [154] 遮邀：阻击。 [155] 捃(jùn)获：拾取所得。 [156] 蟊贼：害虫。食根曰蟊，食节曰贼。 [157] 膏肓：古代医学称心脏下部为膏，隔膜为肓。故以病入膏肓喻病极其严重。

害,速其灾,欲求稼穑丰登,肤革充美,固不可得也。臣愚谓宜罢诸道将士番替防秋之制⑱,率因旧数而三分之:其一分,委本道节度使募少壮愿往边城者以徙焉;其一分,则本道但供衣粮,委关内、河东诸军州募蕃、汉子弟愿傅边军者以给焉⑲;又一分,亦令本道但出衣粮,加给应募之人,以资新徙之业。又令度支散于诸道⑳,和市耕牛㉑,雇召工人,就诸军城缮造器具。募人至者,每家给耕牛一头,又给田农水火之器,皆令充备。初到之岁,与家口二人粮,并赐种子,劝之播植,待经一稔㉒,俾自给家。若有余粮,官为收籴,各酬倍价,务奖营田。既息践更征发之烦,且无幸灾苟免之弊,寇至则人自为战,时至则家自力农。是乃兵不得不强,食不得不足,与夫倏来忽往,其可同等而论哉!

臣又谓宜择文武能臣一人,为陇右元帅,应泾、陇、凤翔、长武城、山南西道等节度管内兵马㉓,悉以属焉;又择一人为朔方元帅,应鄜坊、邠宁、灵夏等节度管内兵马㉔,悉以属焉;又择一人为河东元帅,河东、振武等节度管内兵马㉕,悉以属焉。三帅各选临边要会

---

⑱ 番替:轮换更替。防秋:古代北方每至入秋,边塞经常发生战事,届时边军特加意警备,称为防秋。 ⑲ 傅:通"附"。 ⑳ 度支:官名。掌管全国财赋的统计和支用。 ㉑ 和市:官府向百姓议价购买货物。 ㉒ 稔(rěn):谷物成熟。古代谷物一年一熟,一稔即一年。㉓ 凤翔:治所在天兴(今甘肃凤翔)。长武:今属陕西。山南西道:治所在梁州(今陕西汉中)。 ㉔ 鄜(fū)坊:唐高祖武德二年(619),分鄜州置坊州,鄜州治所在今陕西富县,坊州治所在中部县(今陕西黄陵)。邠宁:治所在邠州(今陕西彬县)。灵夏:今属宁夏。 ㉕ 振武:治所在单于都护府(今内蒙古和林格尔西北)。

之州以为理所[166]。见置节度[167]，有非要者，随所便近而并之。唯元帅得置统军，余并停罢。其三帅部内太原、凤翔等府，及诸郡户口稍多者，慎柬良吏以为尹守[168]，外奉师律[169]，内课农桑，俾为军粮，以壮戎府。理兵之宜既得，选帅之道既明，然后减奸滥虚浮之费以丰财，定衣粮等级之制以和众，弘委任之道以宣其用，悬赏罚之典以考其成，而又慎守中国之所长，谨行当今之所易，则八利可致，六失可除。如是而戎狄不威怀，疆场不宁谧者[170]，未之有也。诸侯轨道[171]，庶类服从，如是而教令不行，天下不理者，亦未之有也。

以陛下之英圣，人心之思安，四方之小休，两寇之方静，加以频年丰稔，所在积粮，此皆天赞国家，可以立制垂统之时也。时不久居，事不常兼，已过而追，虽悔无及。明主者不以言为罪，不以人废言。罄陈狂愚，惟所省择。谨奏。

---

⑯⑥ 理所：治所。⑯⑦ 见：通“现”。⑯⑧ 柬：选择。⑯⑨ 师律：军队法纪。⑰⓪ 宁谧：安靖。⑰① 轨道：就范，上轨道。

（笑　吟）

韩愈(768—824) 唐文学家。字退之,河南河阳(今河南孟县)人。祖籍昌黎(今属河北),世称韩昌黎。早孤,由嫂抚养。刻苦自学。贞元进士。官至国子祭酒、吏部侍郎、京兆尹兼御史大夫。长庆四年(824),病死长安靖安里第。谥文。韩愈一生尊儒,排斥佛老,力反六朝以来骈偶文风,提倡和领导了古文运动。其文雄奇闳深,一空依傍,为唐宋八大家之首。作诗力求新奇,独树一帜。有《昌黎先生集》《外集》《遗文》等。

杂　说(四)[①]

【题解】

这是一篇慨叹怀才不遇的寓言小品。开篇用直笔将旨意点明。下面用折笔写世无伯乐,马又安能千里。心中不平,喷薄而出。末段纯用逆笔,反斥"天下无马"之说,笔势傲兀,辞意沉郁。结句以宕漾之笔,唱叹之声,冷语诘问,收束全篇,无限悲凉之意,溢于言外。韩愈短文,以笔势遒劲,奇宕无匹见长,尺水兴波,可与江河比大。本文仅百余字,而波澜曲折,寓意深刻,颇有特色。

世有伯乐[②],然后有千里马。千里马常有,而伯乐不常有,故虽有名马,只辱于奴隶人之手[③],骈死于槽枥之间[④],不以千里称也[⑤]。

---

① 选自《韩昌黎文集校注》。 ② 伯乐:春秋时秦国人,姓孙名阳,字伯乐。善相马。 ③ 辱:受辱。 ④ 骈死:并列而死。槽:食槽。枥:马棚。 ⑤"不以"句:不被人称为千里马。

马之千里者，一食或尽粟一石，食马者不知其能千里而食也[⑥]。是马也，虽有千里之能，食不饱，力不足，才美不外见，且欲与常马等不可得，安求其能千里也！

策之不以其道[⑦]，食之不能尽其材[⑧]，鸣之而不能通其意[⑨]，执策而临之曰："天下无马。"呜呼！其真无马邪？其真不知马也！

⑥ 食(sì)：喂养。 ⑦ 策之不以其道：即"不以其道策之"。策，马鞭。 ⑧ 食之不能尽其材：喂马，不能满足它的食量。 ⑨ 鸣之而不能通其意：马受屈鸣叫，又不懂它的意思。

（笑　吟）

争　臣　论[①]

【题解】

德宗贞元四年(788)，由宰相李泌推荐，河北名士阳城出任谏议大夫。当时京城士人，仰慕清操，想望风采，以为他一定能不计利害，犯颜直谏。但阳城到任后，却只是放怀畅饮，居官五年，不进一言。为此，韩愈写了这篇文章，以讥切之词，箴规阳城。全文截然四问四答，而首尾又如一线。文章采用激将法，以诘为讽，笔锋锐利；每段于辩驳之后，都用一个"且"字，为进一步申论垫底，有推波助澜的妙用。但阳城毕竟是个贤人，韩愈作此文，其意不仅是讥刺他不谏，更是讽劝他必谏，故在层层辩驳、愈逼愈紧之际，笔

① 选自《韩昌黎文集校注》。争臣：能谏诤之臣。争，通"诤"。

锋忽然一转,为阳城留下余地,从中寄托着无限期望。贞元十一年(795),即本文作后三年,德宗听信裴延龄谗言,贬斥宰相陆贽,朝中无人敢有异辞。阳城奋然上疏,极言裴延龄奸佞,陆贽无罪,朝野为之一振。阳城的直谏,韩愈的讽劝,由此都传为美谈。

或问谏议大夫阳城于愈②:可以为有道之士乎哉?学广而闻多③,不求闻于人也;行古人之道,居于晋之鄙,晋之鄙人薰其德而善良者几千人④;大臣闻而荐之⑤,天子以为谏议大夫,人皆以为华⑥,阳子不色喜⑦;居于位五年矣,视其德如在野⑧。彼岂以富贵移易其心哉!

愈应之曰:是《易》所谓"恒其德贞而夫子凶"者也⑨,恶得为有道之士乎哉?在《易·蛊》之上九云:"不事王侯,高尚其事⑩";《蹇》之六二则曰:"王臣蹇蹇,匪躬之故⑪。"夫不以所居之时不一,而所蹈之德不同也⑫?若《蛊》之上九,居无用之地,而致匪躬之节;以

---

② 阳城:字亢宗,北平人。进士及第后隐居沧州(今河北沧县)中条山。德宗时召拜为谏议大夫,后出为道州刺史。 ③ 学广闻多:阳城年轻时好学,家贫无书,于是为集贤殿书院抄书,偷读官书,夜以继日,过了六年,无所不通。 ④"居于晋"两句:晋,古国名。据有今山西大部、河北省西南及河南省北部地区。鄙:边境。阳城在隐居中条山时,远近很多人慕其德行,受到感化。 ⑤ 大臣:指李泌。 ⑥ 华:韩愈务去陈言,故将荣字变为华字。 ⑦ 不色喜:不喜形于色。 ⑧ 视其德如在野:看他居官的德行,就同当初隐居时一样。 ⑨"是《易》所谓"句:《易·恒卦》六五:"恒其德贞,妇人吉,夫子凶。"言以柔顺从人,长久保持德操,对妇人是合适的,因为她们要无条件服从丈夫。对男人却不合适,因为男人要利用时机,根据环境的需要从事活动。 ⑩"不事王侯"两句:隐居山野,洁身自守,不为王侯役使,值得称道。 ⑪"王臣蹇蹇"两句:王臣直谏,不是为自身之事,而是为君为国。蹇蹇,忠直不阿。匪躬,尽忠而不顾身。 ⑫ 蹈:遵循。

《蹇》之六二，在王臣之位，而高不事之心。则冒进之患生，旷官之刺兴，志不可则，而尤不终无也[13]。今阳子在位不为不久矣，闻天下之得失不为不熟矣，天子待之不为不加矣，而未尝一言及于政；视政之得失，若越人视秦人之肥瘠[14]，忽焉不加喜戚于其心。问其官，则曰谏议也；问其禄，则曰下大夫之秩也；问其政，则曰我不知也。有道之士，固如是乎哉？且吾闻之，有官守者，不得其职则去；有言责者，不得其言则去。今阳子以为得其言，言乎哉[15]？得其言而不言，与不得其言而不去，无一可者也。阳子将为禄仕乎[16]？古之人有云：仕不为贫，而有时乎为贫，谓禄仕者也。宜乎辞尊而居卑，辞富而居贫，若抱关击柝者可也[17]。盖孔子尝为委吏矣[18]，尝为乘田矣[19]，亦不敢旷其职，必曰"会计当而已矣[20]"，必曰"牛羊遂而已矣[21]"。若阳子之秩禄，不为卑且贫，章章明矣[22]，而如此，其可乎哉？

或曰：否，非若此也。夫阳子恶讪上者，恶为人臣招其君之过而以为名者[23]；故虽谏且议，使人不得而知焉。《书》曰"尔有嘉谟嘉猷，则入告尔后于内，尔乃顺之于外[24]"，曰"斯谟斯猷，惟我后之

---

⑬ "志不可则"两句：《易·蛊卦》上九："不事王侯，志可则也。"《易·蹇卦》六二："王臣蹇蹇，终无尤也。"则：效法。尤：罪过，过失。 ⑭ 秦越：春秋时代秦越二国，一在西北，一在东南，相去极远。故常以此比喻疏远的关系。 ⑮ "今阳子"两句：阳子若自以为得其言，那么说了没有？ ⑯ 禄仕：为了俸禄而做官。 ⑰ 抱关击柝：守门打更的小吏。 ⑱ 委吏：管理粮仓的小吏。 ⑲ 乘田：管理牧场饲养的小吏。 ⑳ 会计当：计算准确。 ㉑ 牛羊遂：牛羊成长。 ㉒ 章章：同"彰彰"。 ㉓ 招(qiáo)：揭示，提出。 ㉔ "《书》曰"三句：《尚书·周书·君陈篇》语。意为对君王应在暗中规劝，在公开场合则要顺从。尔，你。谟、猷，谋划。后，君主。

德"。夫阳子之用心，亦若此者！

愈应之曰：若阳子之用心如此，滋所谓惑者矣！入则谏其君，出不使人知者，大臣宰相者之事，非阳子之所宜行也。夫阳子本以布衣隐于蓬蒿之下，主上嘉其行谊，擢在此位，官以谏为名，诚宜有以奉其职，使四方后代知朝廷有直言骨鲠之臣㉕，天子有不僭赏从谏如流之美㉖；庶岩穴之士闻而慕之㉗，束带结发，愿进于阙下㉘，而伸其辞说，致吾君于尧、舜，熙鸿号于无穷也㉙。若《书》所谓，则大臣宰相之事，非阳子之所宜行也。且阳子之心，将使君人者恶闻其过乎？是启之也㉚！

或曰：阳子之不求闻而人闻之，不求用而君用之，不得已而起，守其道而不变，何子过之深也㉛？

愈曰：自古圣人贤士皆非有求于闻用也，闵其时之不平，人之不乂㉜，得其道，不敢独善其身，而必以兼济天下也，孜孜矻矻㉝，死而后已。故禹过家门不入，孔席不暇暖㉞，而墨突不得黔㉟。彼二圣一贤者，岂不知自安佚之为乐哉㊱？诚畏天命而悲人穷也。夫天授人

㉕ 骨鲠：喻正直。 ㉖ 僭赏：奖赏不当。 ㉗ 岩穴：山洞。古时隐士多山居，故称岩穴之士。 ㉘ 阙下：宫阙之下，指朝廷。 ㉙ 熙鸿号于无穷：即声名流芳百世的意思。熙：光大。鸿号：大名。 ㉚ 启之：这是开启了君王文过饰非之端。 ㉛ 过之：过作动词，称其过失。 ㉜ 乂(yì)：治理。 ㉝ 孜孜(zī)：勤勉不怠。矻矻(kū)：极其劳苦。 ㉞"孔席"句：孔子到一个地方坐下来，还没有等到席子暖和，又匆匆离去，言不暇安居。 ㉟"墨突"句：墨子存心救世，到处奔走，每住一地，烟囱尚未熏黑，就已离开。突：灶的烟囱。黔：黑色。 ㊱ 佚：通"逸"。

以贤圣才能,岂使自有余而已!诚欲以补其不足者也。耳目之于身也,耳司闻而目司见,听其是非,视其险易,然后身得安焉。圣贤者,时人之耳目也;时人者,圣贤之身也。且阳子之不贤,则将役于贤㊲,以奉其上矣;若果贤,则固畏天命而闵人穷也,恶得以自暇逸乎哉!

或曰:吾闻君子不欲加诸人㊳,而恶讦以为直者㊴。若吾子之论,直则直矣,无乃伤于德而费于辞乎?好尽言以招人过,国武子之所以见杀于齐也㊵。吾子其亦闻乎?

愈曰:君子居其位,则思死其官;未得位,则思修其辞以明其道。我将以明道也,非以为直而加人也。且国武子不能得善人而好尽言于乱国,是以见杀。《传》曰:"惟善人,能受尽言。"谓其闻而能改之也。子告我曰:阳子可以为有道之士也;今虽不能及已,阳子将不得为善人乎哉?

㊲ 役于贤:被贤人役使。 ㊳ 加:凌驾。 ㊴ 恶讦以为直者:语出《论语·阳货》,意为厌恶那种以攻击别人短处来表示自己正直的人。讦(jié):揭发别人阴私。 ㊵"国武子"句:《国语》载:柯陵之会,单襄公见国武子喜欢直言不讳,说道:"在淫乱的环境里,好直言人家过失,是结怨的根本原因。"鲁成公十八年,国武子因直言齐灵公母与人私通而被齐灵公所杀。

(笑 吟)

张中丞传后叙[①]

【题解】

本文作于宪宗元和二年(807),文中极力推重张巡"守一城捍天下"的功绩,写得轩昂磊落,踔厉奋发。辩许远决无降贼之理,议论鞭辟入里,尽曲尽情。而写南霁云乞师一段,又全用叙事,情词激昂,形象逼真。后写其"以矢立誓",更有颊上添毫之妙。前人论《史记》以后,描摹人物形象,罕见如此传神之笔。文中又特意点出身为朝廷重臣的贺兰进明,嫉贤妒能,见死不救,鞭挞了当时某些姑息奸佞、苛责英烈的小人。文章夹叙夹议,顿挫有致,是纪传文中的杰作。

元和二年四月十三日夜,愈与吴郡张籍阅家中旧书[②],得李翰所为《张巡传》[③]。翰以文章自名,为此传颇详密;然尚恨有阙者,不为许远立传[④],又不载雷万春事首尾[⑤]。

远虽材若不及巡者,开门纳巡,位本在巡上,授之柄而处其

---

① 选自《韩昌黎文集校注》。张中丞:张巡,邓州南阳(今属河南)人。肃宗至德二载(757),安禄山叛军围攻睢阳(今河南商丘),张巡与太守许远以六千人坚守数月,江淮之地赖以保全。后因兵尽粮绝,城陷殉难。巡在守睢阳时被封为御史中丞、河南节度副使,故称张中丞。 ② 张籍:唐代诗人,字文昌,原籍吴郡(今江苏苏州),少时寓居和州乌江(今安徽和县)。 ③ 李翰:赞皇(今河北元氏)人,官至左补阙,与张巡友善。因当时有些人对张巡、许远进行恶意毁谤,故特作《张中丞传》,上之肃宗,以澄清事实,表彰忠良。 ④ 许远:字令威,盐官(今浙江海宁)人,原为睢阳太守,城陷后被执送洛阳,在安庆绪兵败时被杀。 ⑤ 雷万春:张巡部将,随张巡守雍丘时,曾站在城上和敌将令狐朝对话,敌人发冷箭射他,脸上连中六箭,依然挺立不动,敌兵起初以为是木偶,后得知是雷万春,大为惊服。

下，无所疑忌，竟与巡俱守死，成功名；城陷而虏，与巡死先后异耳。两家子弟材智下[⑥]，不能通知二父志，以为巡死而远就虏，疑畏死而辞服于贼。远诚畏死，何苦守尺寸之地，食其所爱之肉[⑦]，以与贼抗而不降乎？当其围守时，外无蚍蜉蚁子之援[⑧]，所欲忠者，国与主耳；而贼语以国亡主灭[⑨]，远见救援不至，而贼来益众，必以其言为信。外无待而犹死守，人相食且尽，虽愚人亦能数日而知死处矣，远之不畏死亦明矣！乌有城坏其徒俱死，独蒙愧耻求活，虽至愚者不忍为；呜呼！而谓远之贤而为之邪？说者又谓远与巡分城而守，城之陷，自远所分始，以此诟远，此又与儿童之见无异。人之将死，其脏腑必有先受其病者；引绳而绝之，其绝必有处[⑩]。观者见其然，从而尤之，其亦不达于理矣。小人之好议论，不乐成人之美如是哉！如巡、远之所成就，如此卓卓，犹不得免，其他则又何说。

当二公之初守也，宁能知人之卒不救[⑪]，弃城而逆遁[⑫]？苟此不能守，虽避之他处何益；及其无救而且穷也，将其创残饿羸之余[⑬]，虽欲去，必不达。二公之贤，其讲之精矣[⑭]。守一城捍天下，以千百

---

⑥ 两家子弟材智下：睢阳城陷，巡、远等被俘，张巡当即被杀，许远被械送洛阳。大历中，张巡子张去疾听信谣传，以为许远降敌，向代宗上书请追夺许远官职。而许远之子许岘，也未能进行申辩，所以说两家子弟都才智低下。 ⑦ 食其所爱之肉：当睢阳被围久，粮尽，张巡杀爱妾，许远杀童仆充当士兵食物。 ⑧ 蚍蜉：大蚂蚁。 ⑨ 国亡主灭：指潼关失守，长安陷落，玄宗（李隆基）逃往蜀中。 ⑩ “引绳”两句：用力将绳拉断，必有一处先断裂。以喻任何事物破灭，必然从某一局部开始。睢阳被围攻，也总有一个先破的地方，不能因此怪罪许远。 ⑪ 宁：岂，哪里。卒：到底，最终。 ⑫ 逆遁：事先逃走。 ⑬ 将：统率。 ⑭ 讲之精：讨论考虑得很周到仔细。

就尽之卒，战百万日滋之师，蔽遮江淮[15]，沮遏其势[16]，天下之不亡，其谁之功也！当是时，弃城而图存者[17]，不可一二数；擅强兵坐而观者[18]，相环也。不追议此，而责二公以死守，亦见其自比于逆乱，设淫辞而助之攻也[19]。

愈尝从事于汴、徐二府[20]，屡道于两府间，亲祭于其所谓双庙者[21]。其老人往往说巡、远时事，云：南霁云之乞救于贺兰也[22]，贺兰嫉巡、远之声威功绩出己上，不肯出师救。爱霁云之勇且壮，不听其语，强留之。具食与乐，延霁云坐。霁云慷慨语曰："云来时，睢阳之人不食月余日矣，云虽欲独食，义不忍，虽食，且不下咽。"因拔所佩刀断一指，血淋漓，以示贺兰，一座大惊，皆感激为云泣下。云知贺兰终无为云出师意，即驰去，将出城，抽矢射佛寺浮屠[23]，矢着其上砖半箭，曰："吾归破贼，必灭贺兰，此矢所以志也[24]！"愈贞元中过泗州[25]，船上人犹指以相语。城陷，贼以刀胁降巡，巡不屈，即牵去，将斩之；又降霁云，云未应，巡呼云曰："南八！男儿死耳，不可为不义屈！"云笑曰："欲将以有为也，公有言，云敢不死？"即不屈。

---

⑮ 蔽遮江淮：掩护长江、淮河流域地区。 ⑯ 沮遏（jǔ è）：阻止。 ⑰ 弃城图存者：如河南节度使虢王李巨弃彭城，逃临淮。山东南道节度使鲁炅弃南阳，逃襄阳。 ⑱ 擅强兵坐而观者：如闾丘晓在谯郡，尚衡在彭城，及本文所说的贺兰进明等都是。 ⑲ 淫辞：歪曲事实的谬论。 ⑳ "愈尝从事"句：韩愈曾任汴州（今河南开封）节度使董晋、徐州节度使张建封幕下的观察推官和节度推官。 ㉑ 双庙：睢阳有张巡、许远庙，合祀二人。 ㉒ 南霁云：张巡部将，排行第八。贺兰：贺兰进明，当时任河南节度使，率重兵驻扎在临淮（今安徽凤阳）。 ㉓ 浮屠：佛塔。 ㉔ 志：通"识"，标记。 ㉕ 泗州：今江苏盱眙一带，唐代州治在临淮。

张籍曰：有于嵩者，少依于巡，及巡起事，嵩尝在围中。籍大历中于和州乌江县见嵩，嵩时年六十余矣。以巡初尝得临涣县尉㉖，好学，无所不读。籍时尚小，粗闻巡、远事，不能细也。云：巡长七尺余，须髯若神。尝见嵩读《汉书》，谓嵩曰："何为久读此？"嵩曰："未熟也。"巡曰："吾于书，读不过三遍，终身不忘也。"因诵嵩所读书，尽卷不错一字。嵩惊，以为巡偶熟此卷，因乱抽他帙以试㉗，无不尽然。嵩又取架上诸书，试以问巡，巡应口诵无疑。嵩从巡久，亦不见巡常读书也。为文章，操纸笔立书，未尝起草。初守睢阳时，士卒仅万人，城中居人户亦且数万，巡因一见问姓名，其后无不识者。巡怒，须髯辄张。及城陷，贼缚巡等数十人坐，且将戮，巡起旋㉘，其众见巡起，或起或泣。巡曰："汝勿怖，死，命也！"众泣不能仰视。巡就戮时，颜色不乱，阳阳如平常㉙。远宽厚长者，貌如其心。与巡同年生，月日后于巡，呼巡为兄，死时年四十九。嵩贞元初死于亳、宋间㉚。或传嵩有田在亳、宋间，武人夺而有之，嵩将诣州讼理㉛，为所杀。嵩无子。张籍云。

㉖ 临涣：今安徽宿县。 ㉗ 帙(zhì)：古人装书的套子，这里代指书。 ㉘ 起旋：起身绕行。一说小便。 ㉙ 阳阳：若无其事，镇定不惧。 ㉚ 亳(bó)：亳州，今安徽亳县。宋，宋州，即睢阳。 ㉛ 诣(yì)：去，到。

（笑　吟）

答吕毉山人书[①]

【题解】

韩愈在当时，以爱惜人才、奖掖后进著名，如孟郊、张籍等都曾得到他的推扬提携，但吕毉却写信责备他不能像战国信陵君那样礼贤下士。在这封信中，韩愈说明自己爱才，只是想培养对社会有用的人，而不像过去某些权势者借此沽名钓誉。开篇文笔奇纵，如风起水涌；中间直陈己意，笔势矫健明快，有凌厉无前之概；最后以吕毉责己，卜其立朝气节，同时抑其狂简轻躁，情味隽永，抑扬尽致。前人评此文笔力似《孟子》，机趣似《战国策》，奇变不可方物，极文章之能事。

愈白：惠书责以不能如信陵执辔者[②]。夫信陵，战国公子，欲以取士声势倾天下而然耳[③]。如仆者[④]，自度若世无孔子，不当在弟子之列。以吾子始自山出，有朴茂之美意，恐未砻磨以世事[⑤]。又自周后文弊[⑥]，百子为书，各自名家，乱圣人之宗[⑦]，后生习传，杂而不贯。故设问以观吾子：其已成熟乎，将以为友也；其未成熟乎，将以讲去其非而趋是耳。不如六国公子有市于道者也[⑧]。

---

① 选自《韩昌黎文集校注》。吕毉(yī)山人：生平事迹不详。毉，同"医"。山人，隐居山林，不求功名富贵的人。② 信陵君：即魏无忌，魏安釐王之弟。战国四公子之一。他礼贤下士。魏有隐士侯嬴，信陵君备车骑迎接。侯嬴穿着破衣径直上车，坐上座，毫不谦让。信陵君一点不计较，反而替他执辔(拉住缰绳)，格外谦恭。③ 取士：争取和接待贤士。倾天下：使天下人倾倒他，佩服他。④ 仆：对自己的谦称。⑤ 恐未砻磨以世事：说山人涉世不深，还不够老练。砻磨，比喻锻炼。⑥ 文弊：专讲虚文，不切实际。⑦ 宗：本源，主旨。⑧ 市于道：把交友之道，当作交易，来扩张声势。

方今天下入仕，惟以进士、明经及卿大夫之世耳[⑨]。其人率皆习熟时俗，工于语言，识形势，善候人主意。故天下靡靡[⑩]，日入于衰坏，恐不复振起。务欲进足下趋死不顾利害去就之人于朝，以争救之耳。非谓当今公卿间，无足下辈文学知识也。不得以信陵比。

然足下衣破衣，系麻鞋，率然叩吾门[⑪]。吾待足下，虽未尽宾主之道，不可谓无意者。足下行天下，得此于人盖寡[⑫]，乃遂能责不足于我，此真仆所汲汲求者。议虽未中节[⑬]，其不肯阿曲以事人者[⑭]，灼灼明矣。方将坐足下三浴而三熏之[⑮]，听仆之所为，少安无躁。愈顿首。

---

⑨ “惟以”句：进士、明经，都是考试科目的名称，进士以诗赋为主，明经以经学为主。卿大夫之世，指其子孙靠先人门荫入仕。 ⑩ 靡靡：缺乏主张，随风而倒。 ⑪ 率然：贸贸然。 ⑫ 此：指上文“宾主”之道。 ⑬ 未中节：不合节奏。借音乐不协调来比喻议论不尽恰当。 ⑭ 阿曲：逢迎巴结。 ⑮ 三浴三熏：再三熏香沐浴，表示以礼待人，十分尊重。

（笑　吟）

送李愿归盘谷序[①]

【题解】

本文作于德宗贞元十七年(801)，当时韩愈刚从汴州之乱脱身，寓居洛阳，心中郁

---

① 选自《韩昌黎文集校注》。

抑，于是借此将一团傲兀不平之气，淋漓痛快地发泄出来。李愿是个隐士，这篇赠序，按理应先表其品格之高，然后叙其归隐之乐。但本文旨意并不在此，故开篇以简洁的笔墨，点出盘谷，随后便借李愿之口，腾空而起，恣意落笔，写了三种截然不同的人物类型，以冷峻的笔触，刻画了权贵的豪恣、隐士的自如，以及奔走权门、热衷仕途者的可鄙可怜，对得志小人和不得志小人，不惜笔墨，极力形容，两边夹写，隐居之高，自在言外。最后一段歌词，颇有危悚之语，寓远引避害之意。苏轼说“唐无文章，惟韩退之《送李愿归盘谷》一篇而已，平生愿效此一篇，每执笔辄罢。”（《东坡题跋》）这是过誉之词，但韩愈的赠序，冠绝前后作者，则是历来公论。

太行之阳有盘谷[②]，盘谷之间，泉甘而土肥，草木丛茂，居民鲜少。或曰：“谓其环两山之间，故曰盘。”或曰：“是谷也[③]，宅幽而势阻，隐者之所盘旋。”友人李愿居之。

愿之言曰：“人之称大丈夫者，我知之矣：利泽施于人，名声昭于时，坐于庙朝[④]，进退百官，而佐天子出令。其在外，则树旗旄，罗弓矢，武夫前呵[⑤]，从者塞途，供给之人，各执其物，夹道而疾驰。喜有赏，怒有刑。才畯满前[⑥]，道古今而誉盛德，入耳而不烦。曲眉丰颊[⑦]，清声而便体[⑧]，秀外而慧中[⑨]，飘轻裾，翳长袖[⑩]，粉白黛绿者[⑪]，列屋而闲居，妒宠而负恃，争妍而取怜。大丈夫之遇知于天子、用力

---

② 太行：山名，绵延山西、河北、河南三省。阳：山南。盘谷：在今河南济源。 ③ 是：这个。 ④ 庙朝：宗庙和朝廷。 ⑤ 呵：同“诃”，呼喝。 ⑥ 畯：同“俊”。 ⑦ 丰颊：面颊丰满。 ⑧ 便体：体态娟好。 ⑨ 慧中：秉性聪慧。 ⑩“飘轻裾”两句：是说美人能歌善舞，舞姿美好。裾：衣服的前后襟。翳：遮蔽。 ⑪ 粉白黛绿：脸上粉搽得雪白，眉毛画得黑里泛青。黛：青黑色的画眉颜料，青黑近绿，故言黛绿。

于当世者之所为也。吾非恶此而逃之，是有命焉，不可幸而致也。

“穷居而野处，升高而望远，坐茂树以终日，濯清泉以自洁。采于山，美可茹⑫；钓于水，鲜可食。起居无时，惟适之安。与其有誉于前，孰若无毁于其后；与其有乐于身，孰若无忧于其心。车服不维⑬，刀锯不加，理乱不知⑭，黜陟不闻⑮。大丈夫不遇于时者之所为也，我则行之。

“伺候于公卿之门，奔走于形势之途⑯。足将进而趑趄⑰，口将言而嗫嚅⑱，处秽污而不羞，触刑辟而诛戮⑲。侥幸于万一，老死而后止者，其于为人，贤不肖何如也⑳？”

昌黎韩愈，闻其言而壮之，与之酒而为之歌曰：“盘之中，维子之宫㉑。盘之土，可以稼。盘之泉，可濯可沿㉒。盘之阻㉓，谁争子所？窈而深，廓其有容㉔。缭而曲，如往而复。嗟盘之乐兮，乐且无殃㉕。虎豹远迹兮，蛟龙遁藏。鬼神守护兮，呵禁不祥㉖。饮且食兮寿而康，无不足兮奚所望。膏吾车兮秣吾马㉗，从子于盘兮，终吾生以徜徉㉘。”

---

⑫ 茹(rú)：食，吃。 ⑬ 车服不维：封建时代车服的制度随官品高下有差别，不能逾越。维：维系。这里说没有官位的人，自由自在，不为名利所羁绊。 ⑭ 理乱：治乱。唐人避高宗李治讳，“治”都写成“理”。 ⑮ 黜陟(chù zhì)：黜：贬退，指降职。陟：升进，指升官。 ⑯ 形势：权势。 ⑰ 趑趄(zī jū)：欲进不前，迟疑不决的样子。 ⑱ 嗫嚅(niè rú)：欲说不说，不敢出口的样子。 ⑲ 刑辟：刑法。 ⑳ 不肖：不才，不正派。 ㉑ 维：发语词。 ㉒ 可濯可沿：可以洗涤，可以顺着水边散步。 ㉓ 阻：地势险阻。 ㉔ 廓其有容：空旷而能容身。 ㉕ 殃：又作“央”。 ㉖ 不祥：不吉利的妖物。 ㉗ “膏我车”句：用油脂涂车轴，用饲料喂马。 ㉘ 徜徉(cháng yáng)：自由自在地行走。

（笑　吟）

送董邵南序[1]

【题解】

董邵南怀才不遇，不得已而前往河北，求用于藩镇。有着同样不遇之感的韩愈，对此当然不便反对，而且燕赵自古多侠义之士，董邵南此去应有所合。但当时河北藩镇割据，投靠藩镇无异助贼作乱，不能称作义士。故韩愈对其北游，是告诫，是提醒，而非勉励。作者微婉其词，以凭吊不忘故土的乐毅及规劝燕赵豪士为王室效力作为对照，以示董邵南不必往、也不应往之意。名为送行，实则挽留。文章托意高妙，措辞深婉，欲抑先扬，俯仰呼应。虽仅百余字，但有无限开阖，无限转折，无限含蓄，无限变化。

燕、赵古称多感慨悲歌之士[2]。董生举进士，连不得志于有司[3]，怀抱利器[4]，郁郁适兹土[5]，吾知其必有合也。董生勉乎哉！

夫以子之不遇时，苟慕义强仁者[6]，皆爱惜焉。矧燕、赵之士出乎其性者哉[7]！然吾尝闻风俗与化移易，吾恶知其今不异于古所云耶[8]！聊以吾子之行卜之也。董生勉乎哉！

吾因之有所感矣。为我吊望诸君之墓[9]，而观于其市，复有昔

---

① 选自《韩昌黎文集校注》。 ② 燕、赵：都是古国名。燕国据有今河北、辽宁等地。赵国据有今河北南部和山西北部地区。这里借指河北一带。 ③ 不得志：指没有考取进士。有司：官吏，这里指主考官。 ④ 利器：比喻杰出的才能。 ⑤ 兹土：这个地方，指燕赵。⑥ 慕义强仁：仰慕仁义，勉力实行。强（qiǎng），勉强。 ⑦ 矧（shěn）：何况。 ⑧ 恶知：怎知。 ⑨ 望诸君：乐毅离燕去赵，赵国封他于观津，号望诸君。

时屠狗者乎[10]？为我谢曰："明天子在上，可以出而仕矣。"

---

⑩ 屠狗者：荆轲至燕，爱燕国屠狗者高渐离，和他天天在市上饮酒高歌。这里指有才干却被埋没的人。

（笑　吟）

祭十二郎文[1]

【题解】

本文作于贞元十九年(803)，是韩愈悼念亡侄的祭文。前一年，韩愈因上疏请求宽徭减赋，被贬为连州阳山(今属广东)令。次年又遭此家难，伤心刺骨，情何以堪！祭文先历叙与十二郎自幼孤苦相依之状，琐琐碎碎，如述家常，读之唯觉真气满纸，不嫌其烦。接着写听闻讣告后，且疑且信，恍恍惚惚，惊魂不定的情状。最后以放声长号，一往痛哭，来倾吐其彻心悲痛。古代祭文，例用韵语，本文作者因悲痛欲绝，已无暇炼声锤句，只是直抒胸臆，以神驭文，满纸真气。它不用韵文而用散体，既是祭文中的变体，也堪称祭文中的绝调。

年月日[2]，季父愈闻汝丧之七日[3]，乃能衔哀致诚，使建中远具

---

① 选自《韩昌黎文集校注》。 ② 年月日：《文苑英华》作"贞元十九年五月廿六日"。但祭文中说韩十二死于六月，故此说有误。 ③ 季父：叔父。季，排行四，所以下文说"上有三兄。"

时羞之奠[4]，告汝十二郎之灵[5]：

呜呼！吾少孤[6]，及长，不省所怙[7]，惟兄嫂是依[8]。中年兄殁南方[9]，吾与汝俱幼，从嫂归葬河阳[10]，既又与汝就食江南[11]，零丁孤苦，未尝一日相离也。吾上有三兄，皆不幸早世，承先人后者，在孙惟汝，在子惟吾，两世一身，形单影只，嫂尝抚汝指吾而言曰："韩氏两世，惟此而已！"汝时尤小，当不复记忆；吾时虽能记忆，亦未知其言之悲也。

吾年十九，始来京城。其后四年，而归视汝。又四年，吾往河阳省坟墓[12]，遇汝从嫂丧来葬。又二年，吾佐董丞相于汴州[13]，汝来省吾，止一岁，请归取其孥[14]；明年丞相薨[15]，吾去汴州，汝不果来。是年，我佐戎徐州[16]，使取汝者始行，吾又罢去[17]，汝又不果来。吾念汝从于东，东亦客也，不可以久，图久远者，莫如西归，将成家而致汝[18]。呜呼！孰谓汝遽去吾而殁乎！吾与汝俱少年，以为虽暂相

---

④ 建中：人名，韩愈之仆。时羞，即时馐，应时新鲜食品。⑤ 十二郎：名老成，韩愈二哥韩介之子，大哥韩会无子，十二郎出继给韩会作子。⑥ 少孤：韩愈三岁丧父。⑦ 不省(xǐng)所怙：幼时早孤，不记得父亲。《诗经·小雅·蓼莪》："无父何怙。"怙，依靠。⑧ 兄嫂：指韩会和郑氏。⑨ 中年兄殁南方：代宗大历十三年(778)，韩愈十岁，韩会贬为韶州(治今广东韶关西)刺史，死在任上，年四十一，故说"中年"。⑩ 河阳：今河南孟县。⑪ 就食江南：德宗建中二年(781)，北方藩镇作乱，韩家避居宣州(今安徽宣城)。⑫ 省(xǐng)：探望。⑬ 佐董丞相于汴州：德宗贞元十二年(796)，董晋在汴州(今河南开封)任宣武节度使，韩愈在其属下任观察推官。⑭ 孥：妻子儿女。⑮ 薨(hōng)：古代称诸侯及高级官员的死亡为薨。⑯ 佐戎徐州：韩愈去徐州(今属江苏)，依武宁节度使张建封，任节度推官。⑰ 我又罢去：元贞十六年(800)五月，张建封卒，韩愈西归洛阳。⑱ 成家而致汝：安置好家庭，招你前来。

别，终当久相与处，故舍汝而旅食京师，以求斗斛之禄；诚知其如此，虽万乘之公相，吾不以一日辍汝而就也！

去年孟东野往[19]，吾书与汝曰："吾年未四十，而视茫茫，而发苍苍，而齿牙动摇。念诸父与诸兄，皆康强而早世，如吾之衰者，其能久存乎？吾不可去，汝不肯来，恐旦暮死，而汝抱无涯之戚也！"孰谓少者殁而长者存，强者夭而病者全乎！呜呼！其信然邪？其梦邪？其传之非其真邪？信也，吾兄之盛德而夭其嗣乎[20]？汝之纯明而不克蒙其泽乎[21]？少者强者而夭殁，长者衰者而存全乎？未可以为信也。梦也，传之非其真也，东野之书，耿兰之报[22]，何为而在吾侧也？呜呼！其信然矣。吾兄之盛德而夭其嗣矣！汝之纯明宜业其家者，不克蒙其泽矣！所谓天者诚难测，而神者诚难明矣！所谓理者不可推，而寿者不可知矣！虽然，吾自今年来，苍苍者或化而为白矣[23]，动摇者或脱而落矣[24]，毛血日益衰，志气日益微，几何不从汝而死也！死而有知，其几何离；其无知，悲不几时，而不悲者无穷期矣！汝之子始十岁[25]，吾之子始五岁[26]，少而强者不可保，如此孩提者[27]，又可冀其成立邪？呜呼哀哉，呜呼哀哉！

汝去年书云："比得软脚病[28]，往往而剧。"吾曰："是疾也，江南

---

⑲ 孟东野：孟郊(751－814)，湖州武康(今浙江德清)人，与韩愈交谊颇深。时由长安选官，出任溧阳(今属江苏)尉，故韩愈托他带信。⑳ 嗣：子孙后代。㉑ 纯明：纯正贤明。克：能够。蒙其泽：承受父亲的福泽。㉒ 耿兰：来报告十二郎死讯的家人。㉓ 苍苍者：花白的头发。㉔ 动摇者：动摇的牙齿。㉕ 汝之子：指十二郎长子韩湘。㉖ 吾之子：指韩昶。㉗ 孩提：幼儿依赖父母提抱。㉘ 比：近来。软脚病：脚气病。

之人,常常有之。”未始以为忧也[29]。呜呼！其竟以此而殒其生乎?抑别有疾而至斯乎[30]?汝之书,六月十七日也;东野云汝“殁以六月二日”,耿兰之报无月日。盖东野之使者,不知问家人以月日;如耿兰之报,不知当言月日。东野与吾书,乃问使者,使者妄称以应之耳。其然乎?其不然乎?

今吾使建中祭汝,吊汝之孤与汝之乳母[31],彼有食可守以待终丧[32],则待终丧而取以来;如不能守以终丧,则遂取以来;其余奴婢,并令守汝丧。吾力能改葬,终葬汝于先人之兆[33],然后惟其所愿[34]。

呜呼！汝病吾不知时,汝殁吾不知日,生不能相养以共居,殁不得抚汝以尽哀,殓不凭其棺,窆不临其穴[35];吾行负神明而使汝夭,不孝不慈,而不得与汝相养以生,相守以死;一在天之涯,一在地之角,生而影不与吾形相依,死而魂不与吾梦相接,吾实为之,其又何尤?彼苍者天,曷其有极[36]！自今已往,吾其无意于人世矣,当求数顷之田于伊、颍之上[37],以待余年。教吾子与汝子,幸其成,长吾女与汝女,待其嫁,如此而已。呜呼！言有穷而情不可终,汝其知也邪?其不知也邪?呜呼哀哉！尚飨[38]。

㉙ 未始:不曾。 ㉚ 抑:或者,还是。 ㉛ 吊:慰问。孤:指十二郎的儿子。 ㉜ 终丧:丧期终了。 ㉝ 兆:坟地。 ㉞ 然后惟其所愿:这样才算了却我的心意。 ㉟ 窆(biǎn):下棺入土。 ㊱“彼苍者天”两句:苍天啊,这悲痛到何时才能穷尽！ ㊲ 伊、颍:伊水和颍水,源皆出于河南,这里借代韩愈的故乡。 ㊳ 尚飨:希望亡灵来享受祭品,古代祭文都用此语作结。

（笑 吟）

柳子厚墓志铭[①]

【题解】

宪宗元和十四年(819),柳宗元在柳州(今属广西)去世。韩愈和柳宗元相知甚深,情意笃厚,噩耗传来,即写了一篇祭文,第二年,又写了这篇表彰亡友人品学问的墓志铭。当时韩愈正谪居袁州(今江西宜春),以天涯沦落之人,写屈死天涯的挚友,必然不同寻常。文中对柳宗元的政绩,只提最有德于民的"赎归奴婢"一事,其所重则在柳宗元的风义文章。其中写柳宗元"以柳易播"一事,于叙事之后,继以议论,感慨世途交态之薄,委曲切尽,字字透骨,激宕沈郁,欷歔欲绝。写柳宗元生前坎坷不遇,死后必能传名千载,两相比较,尤有深致。韩愈的志文,大都用笔谨严,但本文夹叙夹议,直抒胸臆,可称变调。作者慨叹,发于至性,因情生文,由文生情,苍凉顿挫,淋漓生色。

子厚讳宗元。七世祖庆,为拓跋魏侍中,封济阴公[②]。曾伯祖奭,为唐宰相,与褚遂良、韩瑗俱得罪武后,死高宗朝[③]。皇考讳镇,以事母弃太常博士,求为县令江南[④]。其后以不能媚权贵失御史,权贵人死[⑤],乃复拜侍御史,号为刚直,所与游,皆当世名人。

子厚少精敏,无不通达。逮其父时,虽少年,已自成人,能取进

---

① 选自《韩昌黎文集校注》。 ② 七世祖庆:柳庆在北魏(拓跋魏)时,封平齐公。其子柳旦,为北周中书侍郎,封济阴公。这里是韩愈误记。 ③ 曾伯祖奭(shì):柳奭是唐高宗(李治)王皇后的外祖,曾任中书令。后来高宗要废王皇后立武曌为皇后,韩瑗、褚遂良力争,武曌党人诬告柳奭和韩、褚等谋反,被杀。 ④ "皇考"句:皇考,对死去的父亲的尊称。柳镇曾任宣城(今属安徽)令。 ⑤ 权贵人:指窦参。

士第[⑥]，崭然见头角，众谓柳氏有子矣。其后以博学宏词授集贤殿正字[⑦]。俊杰廉悍[⑧]，议论证据今古，出入经史百子，踔厉风发[⑨]，率常屈其座人[⑩]，名声大振，一时皆慕与之交，诸公要人，争欲令出我门下，交口荐誉之。贞元十九年，由蓝田尉拜监察御史[⑪]。顺宗即位，拜礼部员外郎。遇用事者得罪[⑫]，例出为刺史[⑬]；未至，又例贬永州司马[⑭]。居闲，益自刻苦，务记览，为词章，泛滥停蓄[⑮]，为深博无涯涘，而自肆于山水间[⑯]。

元和中[⑰]，尝例召至京师，又偕出为刺史，而子厚得柳州[⑱]。既至，叹曰："是岂不足为政邪[⑲]！"因其土俗，为设教禁，州人顺赖。其俗以男女质钱，约不时赎，子本相侔[⑳]，则没为奴婢。子厚与设方计，悉令赎归；其尤贫力不能者，令书其佣，足相当，则使归其质[㉑]。观察使下其法于他州，比一岁，免而归者且千人。衡、湘以南为进士

⑥ 取进士第：德宗贞元九年(793)，柳宗元进士及第，年二十一。 ⑦"后以博学宏词"句：贞元十四年，柳宗元中博学宏词科(选拔博学能文之士的考试)，年二十六。 ⑧ 俊杰廉悍：才智过人，有风骨，有气节。 ⑨ 踔(zhuó)厉风发：指议论高超，如风之不断而来，层出不穷。 ⑩ 率常：总是。 ⑪ 蓝田：县名，今属陕西。 ⑫ 遇用事者得罪：用事者，掌权的人，指"永贞革新"运动的主要人物王叔文。顺宗永贞元年(805)，王叔文入朝执政，联合王伾、柳宗元、刘禹锡等人进行政治革新。但是只维持了一百四十六天，便宣告失败。顺宗被逼退位，太子李纯(宪宗)即位，王叔文贬官后被杀，王伾被逼死，柳宗元、刘禹锡等八人被贬到远方，便是唐代有名的"二王八司马事件"。 ⑬ 例：照例。 ⑭ 永州：今湖南零陵。 ⑮ 泛滥停蓄：形容知识广博，积累深厚。 ⑯ 肆：放情。 ⑰ 元和中：指宪宗元和十年。 ⑱ 柳州：今属广西。 ⑲"是岂"句：意为柳州虽然荒僻落后，但也可施行政教，施展抱负。 ⑳ 子本相侔：利息和本钱相等。 ㉑"令书其佣"三句：把做抵押的男女应得的佣工报酬记下来，到数额与借款相当时，便把人放归本家。

者[22]，皆以子厚为师，其经承子厚口讲指画为文词者，悉有法度可观。

其召至京师而复为刺史也，中山刘梦得禹锡亦在遣中[23]，当诣播州[24]。子厚泣曰："播州非人所居，而梦得亲在堂，吾不忍梦得之穷，无辞以白其大人，且万无母子俱往理。"请于朝，将拜疏[25]，愿以柳易播，虽重得罪，死不恨。遇有以梦得事白上者[26]，梦得于是改刺连州[27]。呜呼！士穷乃见节义。今夫平居里巷相慕悦，酒食游戏相征逐[28]，诩诩强笑语以相取下[29]，握手出肺肝相示，指天日涕泣，誓生死不相背负，真若可信；一旦临小利害，仅如毛发比，反眼若不相识，落陷阱，不一引手救，反挤之，又下石焉者，皆是也。此宜禽兽夷狄所不忍为，而其人自视以为得计，闻子厚之风，亦可以少愧矣[30]。

子厚前时少年，勇于为人[31]，不自贵重顾藉[32]，谓功业可立就，故坐废退。既退，又无相知有气力得位者推挽[33]，故卒死于穷裔[34]，材不为世用，道不行于时也。使子厚在台省时[35]，自持其身[36]，已能如司马、刺史时，亦自不斥，斥时有人力能举之，且必复用不穷。然子

㉒ 衡湘：衡山、湘水，都在湖南省。 ㉓ 刘梦得禹锡：刘禹锡，字梦得，时因参与王叔文集团革新政治，失败后被贬。 ㉔ 播州：治所在今贵州遵义。 ㉕ 拜疏：和上疏同。 ㉖ 以梦得事白上者：指裴度、崔群向宪宗说明刘禹锡的困难。 ㉗ 连州：今广东连县。 ㉘ 相征逐：来往密切。 ㉙ 诩诩（xǔ）：媚悦貌。强笑语：勉强说笑，有意做作。相取下：表示愿居对方之下，互相尊重。 ㉚ 少愧：有些惭愧。 ㉛ 勇于为人：热心帮助人。这里暗指帮助王叔文。 ㉜ 顾藉：爱惜。 ㉝ 推挽：前挽后推，是提拔之意。 ㉞ 穷裔：穷僻的边区。 ㉟ 台省：台，御史台，指柳宗元曾任监察御史。省，尚书省，指曾任礼部员外郎。 ㊱ 自持其身：自己谨慎行事。

厚斥不久，穷不极，虽有出于人[37]，其文学辞章，必不能自力以致必传于后如今无疑也。虽使子厚得所愿，为将相一时，以彼易此，孰得孰失，必有能辨之者。

子厚以元和十四年十一月八日卒，年四十七。以十五年七月十日，归葬万年先人墓侧[38]。子厚有子男二人：长曰周六，始四岁；季曰周七，子厚卒乃生。女子二人，皆幼。其得归葬也，费皆出观察使河东裴君行立[39]。行立有节概，重然诺[40]，与子厚结交，子厚亦为之尽[41]，竟赖其力。葬子厚于万年之墓者，舅弟卢遵。遵，涿人[42]，性谨慎，学问不厌。自子厚之斥，遵从而家焉，逮其死不去；既往葬子厚，又将经纪其家[43]，庶几有始终者[44]。

铭曰：是惟子厚之室[45]，既固既安，以利其嗣人。

㊲ 出于人：出人头地。 ㊳ 万年：今陕西长安。柳家祖坟在万年县栖凤原。 ㊴ 裴行立：当时任桂管观察使，是柳宗元的上司。 ㊵ 重然诺：说话算数。 ㊶ 为之尽：为他（裴行立）尽心力。 ㊷ 涿：今河北涿县。 ㊸ 经纪：料理。 ㊹ “庶几”句：差不多算是个有始有终的人。 ㊺ 是惟：这就是。室：墓穴。

（笑　吟）

毛 颖 传[1]

【题解】

这篇文章虽然在形式上模拟列传，但并不是传记，也不是传奇，而是寓言。全篇旨意在“中书君老不任事，今不中书”数语，既指责封建帝王的刻薄寡恩，又讽刺执政大臣的老朽无能。文中将毛颖（即兔毫毛）人格化，在形象塑造上，尤见功力。韩文以诙诡奇变见长，其才无所不可，本文表现尤为突出。通篇以无作有，凌虚摹写，才情四溢，妙趣横生。行文纵横恣肆，不可羁勒，但叙事简洁，用笔疏宕，无字不精，无语不切，虽为游戏文字，依然章法谨严，一丝不乱。末段“太史公曰”以实证虚，出人意表，结句顿挫有节，感喟无端，深得《史记》传赞的神韵。柳宗元读此文后大为叹服，特撰《读〈毛颖传〉后题》，称“读之若捕龙蛇，搏虎豹，急与之角而力不敢暇”，对本文的艺术成就作了极高的评价。同时将本文与《史记·滑稽列传》并举，指出作者为“发其郁积”而作，具有讽劝作用。

毛颖者[2]，中山人也[3]。其先明视[4]，佐禹治东方土，养万物有功，因封于卯地[5]，死为十二神[6]。尝曰：“吾子孙神明之后，不可与物同，当吐而生[7]。”已而果然。明视八世孙㲚[8]，世传当殷时居中

---

① 选自《韩昌黎文集校注》。 ② 毛颖：指笔。古时笔以兔毫制成，有锋颖，因此借作姓名称毛颖。 ③ 中山：今江苏溧水东南的独山。相传此山有白兔，其毛制笔最佳。 ④ 明视：兔的别名。相传兔肥则目开而视明。 ⑤“佐禹治东方土”三句：十二生肖与十二地支相配，卯属兔。十二支的卯位在东方，四时中春的位置也在东方，东方春能生万物，所以有养万物、封卯地之说。 ⑥ 十二神：即鼠、牛、虎、兔……等十二生肖。 ⑦ 吐而生：古代传说，兔生子由口里吐出。 ⑧ 㲚(nōu)：小兔。

山，得神仙之术，能匿光使物[9]，窃姮娥，骑蟾蜍入月[10]，其后代遂隐不仕云。居东郭者曰㕙[11]，狡而善走，与韩卢争能[12]，卢不及。卢怒，与宋鹊谋而杀之[13]，醢其家[14]。

秦始皇时，蒙将军恬南伐楚[15]，次中山[16]，将大猎以惧楚。召左右庶长与军尉，以《连山》筮之[17]，得天与人文之兆[18]。筮者贺曰："今日之获，不角不牙[19]，衣褐之徒[20]，缺口而长须[21]，八窍而趺居[22]，独取其髦，简牍是资[23]。天下同其书[24]，秦其遂兼诸侯乎！"遂猎，围毛氏之族，拔其豪，载颖而归，献俘于章台宫[25]，聚其族而加束缚焉。秦皇帝使恬赐之汤沐[26]，而封诸管城[27]，号曰管城子，日见亲宠任事。

颖为人强记而便敏，自结绳之代以及秦事[28]，无不纂录。阴阳、卜筮、占相、医方、族氏、山经、地志、字书、图画、九流、百家、天人之

---

⑨ 匿光：藏于阳光之下而使人看不见。使物：能役使鬼物。 ⑩"窃姮娥"二句：传说羿(夏代诸侯)从西王母求得不死之药，他的妻子姮娥(嫦娥)窃而奔月。传说月宫中有蟾蜍(chán chú)和白兔。 ⑪ 㕙(jùn)：兔名。即"东郭逡"，战国时的狡兔。㕙，通"逡"。 ⑫ 韩卢：狗名。古代韩国的一种黑色良犬。 ⑬ 宋鹊：狗名。古代宋国的一种白色良犬。 ⑭ 醢(hǎi)：肉酱。此作动词用。 ⑮ 蒙将军恬：旧说秦国大将蒙恬首先制笔，但实际制笔早已开始。 ⑯ 次：驻扎。 ⑰《连山》：相传夏代的《易经》称作《连山》。筮之：卜筮，用蓍草占卜。 ⑱ 得天予人文之兆：得到上天赐予人类文化的预兆。 ⑲ 不角不牙：兔不生角，也无犬齿。 ⑳ 衣褐之徒：褐是粗麻织成的衣服。兔有毛，所以说衣褐之徒。 ㉑ 缺口：兔缺上唇。 ㉒ 八窍：兔只有八窍。趺居：盘足蹲踞。趺，同"跗"。居，同"踞"。 ㉓ 简牍：在发明制纸以前，竹简木版，都用于书写。资，依赖。 ㉔ 天下同其书：即"书同文"，指秦始皇统一文字。 ㉕ 章台宫：秦时宫名。 ㉖ 汤沐：古代诸侯见天子之前，必先沐浴，表示恭敬。所以天子赐给"汤沐之邑"，以其赋税收入，供汤沐之用。制笔时必须先用热水把毫毛洗干净，所以借用汤沐字作双关语。 ㉗ 管城：县名，管叔(周文王之子)的封地，今河南郑县。下文管城子，用以指笔，因笔杆是竹管所制。也是双关语。 ㉘ 结绳：上古未有文字，用结绳来记事。

书[29]，乃至浮图、老子[30]、外国之说，皆所详悉。又通于当代之务，官府簿书、市井货钱注记，惟上所使。自秦皇帝及太子扶苏[31]、胡亥[32]、丞相斯[33]、中车府令高，下及国人[34]，无不爱重。又善随人意，正直、邪曲、巧拙，一随其人；虽后见废弃，终默不泄。惟不喜武士，然见请亦时往。

累拜中书令[35]，与上益狎，上尝呼为"中书君"。上亲决事，以衡石自程[36]，虽宫人不得立左右，独颖与执烛者常侍，上休方罢。颖与绛人陈玄[37]、弘农陶泓及会稽褚先生友善[38]，相推致，其出处必偕。上召颖，三人者不待召辄俱往，上未尝怪焉。

后因进见，上将有任使，拂拭之，因免冠谢[39]。上见其发秃，又所摹画不能称上意。上嘻笑曰："中书君老而秃[40]，不任吾用。吾尝谓君中书，君今不中书邪[41]？"对曰："臣所谓尽心者[42]。"因不复召，归封邑，终于管城。其子孙甚多，散处中国夷狄，皆冒管城，惟居中山

㉙ 九流：指儒、墨、名、法、道、阴阳、纵横、农、杂九家。 ㉚ 浮图：佛家。 ㉛ 扶苏：秦始皇长子，始皇死后，赵高、李斯伪造诏书，命他自杀。 ㉜ 胡亥：秦始皇少子，即二世皇帝。 ㉝ 丞相斯：李斯，作《仓颉篇》。 ㉞ 中车府令高：赵高，作《爰历篇》。 ㉟ 中书令：传宣诏命，草拟诏书的官。 ㊱ 衡石自程：每日批阅公文，用衡石计量，日夜有限度，不满不休息。衡，秤杆。石，一百二十斤。程，限度。 ㊲ 绛人陈玄：陈玄指墨。墨愈陈愈好。玄，黑色。唐时绛州（今山西绛县）贡墨。 ㊳ 弘农陶泓：陶泓指砚。砚烧土（陶）制成。泓，取其能容水。唐时虢（guó）州（即弘农郡，今河南灵宝南）贡砚。会稽褚先生：褚先生指纸。纸本是楮木捣烂浸水制成。唐时会稽（今浙江绍兴）贡纸。以上三物与笔合称"文房四宝"。 ㊴ 免冠谢：脱冠谢罪。冠，笔管，也称笔帽。 ㊵ 老而秃：这里说笔因久用而毫毛脱落。 ㊶ 中书：得心应手，书写合宜。 ㊷ 尽心：双关语，言笔心的长毫已经用尽。

者能继父祖业。

太史公曰：毛氏有两族，其一姬姓，文王之子，封于毛[43]，所谓鲁、卫、毛、聃者也[44]。战国时有毛公、毛遂[45]。独中山之族不知其本所出，子孙最为蕃昌。《春秋》之成，见绝于孔子而非其罪[46]。及蒙将军拔中山之豪，始皇封诸管城，世遂有名，而姬姓之毛无闻。颖始以俘见，卒见任使，秦之灭诸侯，颖与有功，赏不酬劳，以劳见疏，秦真少恩哉！

㊸ 毛：古国名，在今陕西扶风。㊹ 鲁、卫、毛、聃：指周文王四个儿子的封地。㊺ 毛公：名字不详，隐居不仕，后为信陵君的门客。毛遂：赵公子平原君的门客。㊻ "《春秋》之成"两句：传说孔子作《春秋》，绝笔于获麟。

（笑　吟）

进　学　解[1]

【题解】

元和七年（812），韩愈在职方员外郎任上，因议论朝政而触犯当道，被降为国子博士。回顾二十年来忠于职守却屡遭贬斥，怨愤难平，于是写下这篇文章。文章并不直言数说当政者用人不公，而是假托先生与学生的问答，以"说反话"的方法，在自谦自抑、自

---

① 选自《韩昌黎文集校注》。

责自嘲中发泄对当政者的不满，非常巧妙。由于文情并茂，又通情达理，心平气和，含蓄风趣。使人读后有同情惋惜之心而无激怒责怪之意。因此当时执政者看了此文，非但没有问罪，反而让作者升了官。本文既吸取了辞赋常用的铺陈、排比、对偶、押韵等方法，又有意在首尾及各部分过渡处，用长短不一的散句来贯穿衔接，将骈文之齐整匀称与散文之自然流畅和谐地交织在一起，摇曳多姿。此外，本文遣词造句颇多创新，成为后世沿用的成语。

国子先生晨入太学②，招诸生立馆下③，诲之曰："业精于勤荒于嬉，行成于思毁于随④。方今圣贤相逢，治具毕张⑤，拔去凶邪，登崇俊良。占小善者率以录⑥，名一艺者无不庸⑦，爬罗剔抉⑧，刮垢磨光⑨。盖有幸而获选，孰云多而不扬⑩诸生业患不能精，无患有司之不明⑪；行患不能成，无患有司之不公。"

言未既⑫，有笑于列者曰："先生欺余哉！弟子事先生，于兹有年矣。先生口不绝吟于六艺之文⑬，手不停披于百家之编；记事者必提其要⑭，纂言者必钩其玄⑮；贪多务得⑯，细大不捐；焚膏油以继

---

② 国子先生：唐代对国子监博士的尊称。 ③ 馆：学舍。 ④ 随：放任自流。 ⑤ 治具：法令条律。 ⑥ 占小善者：有些许好品德的人。 ⑦ 名一艺者：以研治某一种儒家经典著作而闻名的人。庸：通"用"。 ⑧ 爬罗剔抉：爬梳、搜罗、剔除、选择，均指甄选、取用人才。 ⑨ 刮垢磨光：刮除污垢、磨去毛糙瑕疵，使之更加光洁。比喻精心培养造就人才。 ⑩ "盖有幸"两句：意谓只有本身才行不足而仍然有幸获得选拔的可能，而决无才行优异却被埋没的情况。 ⑪ 有司：古代设官分职，各有专司，因称主管部门或官吏为有司。 ⑫ 既：尽，完毕。 ⑬ 六艺：指儒家的六种经典著作《诗》《书》《礼》《乐》《易》《春秋》。也称"六经"。 ⑭ 记事者：记事一类的著作。要：要点。 ⑮ 纂言者：指立论一类的著作。钩：探索。玄：深奥的道理。 ⑯ 贪多务得：贪图多学点，务求有所收益。

晷[17]，恒兀兀以穷年[18]。先生之业[19]，可谓勤矣。觝排异端[20]，攘斥佛老[21]；补苴罅漏[22]，张皇幽眇[23]；寻坠绪之茫茫[24]，独旁搜而远绍[25]；障百川而东之[26]，回狂澜于既倒。先生之于儒，可谓有劳矣。沉浸酦郁，含英咀华[27]，作为文章，其书满家。上规姚姒[28]，浑浑无涯；周诰殷盘[29]，佶屈聱牙[30]；《春秋》谨严[31]，《左氏》浮夸[32]，《易》奇而法[33]，《诗》正而葩[34]；下逮《庄》《骚》，太史所录[35]，子云、相如[36]，同工异曲：先生之于文，可谓闳其中而肆其外矣[37]。少始知学，勇于敢为；长通于方[38]，左右具宜。先生之于为人，可谓成矣。然而公不见信于人，私不见助于友。跋前踬后[39]，动辄得咎。暂为御史，遂窜南夷[40]；三

---

⑰ 晷(guǐ)：日影。 ⑱ 兀兀(wù)：劳苦的样子。 ⑲ 先生之业：比照下文，此句“之”字与“业”字之间疑脱漏一“于”字。 ⑳ 觝(dǐ)排：抵制排斥。异端：此指与儒家学说相对立的各个学派。 ㉑ 攘斥：排斥。佛老：佛家与道家。 ㉒ 补苴(jū)：填补。罅(xià)漏：裂缝、缺漏。 ㉓ 张皇：张大，这里可引申为阐发。幽眇：深奥隐微的道理。 ㉔ 坠绪：衰落的儒家道统。 ㉕ 旁搜：多方搜求。远绍：继承先秦时的孔孟之道。 ㉖ 障百川而东之：阻挡百川泛滥而使它们东流入海。比喻抵制异端邪说而使它们纳入儒家的思想轨道。 ㉗ 含英咀华：细细咀嚼品味文章的精华。 ㉘ 规：取法。姚：虞舜之姓，此指《虞书》。姒(sì)：夏禹之姓，此指《夏书》。 ㉙ 周诰殷盘：指《尚书》中周代的《大诰》《召诰》及殷商时的《盘庚》等篇目。 ㉚ 佶(jié)屈聱(áo)牙：指文辞艰涩拗口。 ㉛《春秋》谨严：据传孔子修订《春秋》，态度严肃，笔法谨严。 ㉜《左氏》浮夸：指《左传》记事周详丰赡，文辞铺张华美。 ㉝《易》奇而法：《周易》卜筮的变化奇妙然而又有一定的法则。 ㉞《诗》正而葩(pā)：《诗经》的思想内容纯正而辞采华丽。 ㉟《庄》《骚》：《庄子》《离骚》。太史：指司马迁，他自称“太史公”。所录：指《史记》。 ㊱ 子云、相如：指汉代文学家扬雄(字子云)和司马相如。 ㊲ 闳(hóng)其中：内容广博渊深。肆其外：文辞恣肆壮阔。 ㊳ 长通于方：成年后通晓了道理。 ㊴ 跋前踬(zhì)后：形容进退两难。 ㊵ 窜南夷：韩愈在贞元十九年(803)由监察御史贬为阳山县(今属广东)令。

年博士，冗不见治㊶；命与仇谋㊷，取败几时；冬暖而儿号寒，年丰而妻啼饥；头童齿豁㊸，竟死何裨？不知虑此，而反教人为㊹？"

先生曰："吁！子来前！夫大木为宋㊺，细木为桷㊻，欂栌侏儒㊼，椳闑扂楔㊽，各得其宜，施以成室者，匠氏之工也。玉札丹砂㊾，赤箭青芝㊿，牛溲马勃51，败鼓之皮52，俱收并蓄，待用无遗者，医师之良也。登明选公53，杂进巧拙，纡余为妍54，卓荦为杰55，校短量长，惟器是适者，宰相之方也。昔者孟轲好辩，孔道以明，辙环天下，卒老于行56；荀卿守正57，大论是弘58，逃谗于楚，废死兰陵59。是二儒者，吐辞为经，举足为法60，绝类离伦，优入圣域61，其遇于世何如也！今先生学虽勤而不由其统62，言虽多而不要其中63，文虽奇而

㊶ 冗不见(xiàn)治：官位闲散，显示不出治理的才能。 ㊷ 命与仇谋：命运与仇敌相合。谋：合。 ㊸ 头童：山不长草木叫童，人老发秃，称头童。齿豁：牙齿脱落，露出豁口。 ㊹ 为(wéi)：语气助词，表疑问。 ㊺ 宋(máng)：栋梁。 ㊻ 桷(jué)：屋椽。 ㊼ 欂(bó)：壁柱。栌(lú)：斗拱。侏儒：此指梁上短木。 ㊽ 椳(wēi)：门枢。闑(miè)：门中间所竖短木。扂(diàn)：门闩。楔(xiè)：门框两侧长木。 ㊾ 玉札丹砂：地榆和朱砂。均为中医药名。 ㊿ 赤箭青芝：天麻和龙芝。也都是药名。 51 牛溲：牛尿，可作药。马勃：药名，属菌类，主治疥疮。 52 败鼓之皮：坏鼓的皮，可入药。 53 登明选公：选拔人才明察公正。 54 纡余：本意是曲折，这里用来喻指人的性格谨慎稳重。妍：美。 55 卓荦：本意是超绝特出。这里喻指人的性格豪迈旷达。 56 "辙环天下"两句：孟子的车迹周遍列国，终究老死在游说途中。 57 守正：恪守儒家的正统。 58 大论是弘：阐发博大精深的理论。 59 "逃谗于楚"两句：荀子在齐国做官，有人在齐王面前说他的坏话，他就跑到楚国，楚国的春申君任命他做兰陵(今山东苍山西南)令。春申君死后，荀子被免除职务，死在兰陵。 60 "吐辞为经"两句：是说孟子和荀子这两个人的一言一语都被人当作经典，一举一动都被人看成是法则。 61 优入圣域：优秀到进入圣人行列的境地。 62 不由其统：不遵循儒家的道统。 63 不要(yāo)其中(zhòng)：不能切合要害。要，求得，引申为切中。

不济于用，行虽修而不显于众。犹且月费俸钱，岁靡廪粟；子不知耕，妇不知织，乘马从徒，安坐而食，踵常途之促促[64]，窥陈编以盗窃[65]。然而圣主不加诛，宰臣不见斥，兹非其幸欤！动而得谤，名亦随之，投闲置散，乃分之宜[66]。若夫商财贿之有亡[67]，计班资之崇庳[68]，忘己量之所称[69]，指前人之瑕疵[70]，是所谓诘匠氏之不以杙为楹[71]，而訾医师以昌阳引年[72]，欲进其豨苓也[73]。"

---

⑥④ 踵：跟着走。常途：寻常的道路，喻指世俗。促促：拘谨的样子。 ⑥⑤ 陈编：古书。盗窃：自谦之词，指抄录，引用。 ⑥⑥ 分：名分。宜：应当。 ⑥⑦ 商：考虑，计较。财贿：财货、俸禄。 ⑥⑧ 班资：班列资格，指官职的品级。 ⑥⑨ 量：能量，能力。 ⑦⓪ 前人：在自己前列的人，指显贵者。 ⑦① 杙（yì）：小木桩。楹：柱子。 ⑦② 訾（zǐ）：毁谤，非议。昌阳：药名，也叫昌蒲，久服可延年益寿。引年：延年。 ⑦③ 豨（xī）苓：即猪苓，菌类植物，可作泻药。

（周圣伟）

送穷文[1]

【题解】

本文作于宪宗元和六年（811），为作者自我写照，发泄其怀才不遇的愤懑。文章在

---

① 选自《韩昌黎文集校注》。相传上古高辛氏（一说高阳氏）有一个儿子，喜欢穿破衣，吃粥，宫中号为"穷子"，死于正月晦日（月末最后一天）。后人就在那一天把粥和破衣放在门外祭他，称为"送穷"。

形式上模拟汉扬雄《逐贫赋》，但扬雄憎贫，只为衣食玩物之不足；而本文言衣食游乐处少，写愤世嫉俗处多，主题更加深刻，文采也更精丽。全文旨意，只“固穷”二字，但翻出无数波澜，涉笔成趣，殊属罕见。本文以“延之上座”作结，于是后来文士屡有续作，如段成式的《留穷词》《送穷辞》、唐子西的《留穷诗》，直至清人戴名世的《穷鬼传》等，可见其对后世的影响。

元和六年正月乙丑晦，主人使奴星结柳作车[②]，缚草为船，载糗舆粻[③]，牛系轭下，引帆上樯[④]，三揖穷鬼而告之曰：“闻子行有日矣，鄙人不敢问所途，窃具船与车，备载糗粻。日吉时良，利行四方，子饭一盂，子啜一觞[⑤]，携朋挈俦，去故就新，驾尘彍风[⑥]，与电争先。子无底滞之尤[⑦]，我有资送之恩，子等有意于行乎？”

屏息潜听，如闻音声，若啸若啼，砉欻嘎嘤[⑧]，毛发尽竖，竦肩缩颈，疑有而无，久乃可明。若有言者曰：“吾与子居，四十年余。子在孩提，吾不子愚。子学子耕，求官与名，惟子是从，不变于初。门神户灵[⑨]，我叱我呵，包羞诡随[⑩]，志不在他。子迁南荒[⑪]，热烁湿蒸，我非其乡，百鬼欺陵。太学四年[⑫]，朝齑暮盐[⑬]，惟我保汝，人皆汝

② 奴星：名字叫星的仆人。 ③ 糗（qiǔ）：干粮。粻（zhāng）：米粮。 ④ “牛系”两句：表示已作好随时动身的准备。轭，车前面套牲口的用具，扼在牛马颈上。樯，桅杆。 ⑤ “子饭”两句：请你吃一碗饭，饮一杯酒。 ⑥ 驾尘：指牛车驶行扬起尘土。彍（guō）风：指帆被风吹起，如弓弦拉开。 ⑦ “子无”句：说穷鬼不因长久滞留埋怨。 ⑧ 砉欻（huò hū）：细小窸窣声。嘎嘤：杂声。 ⑨ 门神户灵：古人迷信，以为门户都有神灵呵护。 ⑩ 包羞：承受羞辱。诡随：自无主张，随人所好。 ⑪ 子迁南荒：指韩愈被贬为阳山令。 ⑫ 太学四年：指韩愈任国子博士时期。 ⑬ 齑（jī）：切成细末的腌菜或酱菜。

嫌[14]。自初及终，未始背汝，心无异谋，口绝行语。於何听闻，云我当去，是必夫子信谗，有间于予也[15]。我鬼非人，安用车船？鼻嗅臭香[16]，糗粻可捐[17]。单独一身，谁为朋俦？子苟备知，可数已不[18]？子能尽言，可谓圣智；情状既露，敢不回避？"

主人应之曰："子以吾为真不知也邪？子之朋俦，非六非四，在十去五，满七除二[19]；各有主张，私立名字，捩手覆羹[20]，转喉触讳[21]。凡所以使吾面目可憎，语言无味者，皆子之志也。其名曰智穷：矫矫亢亢[22]，恶圆喜方[23]；羞为奸欺，不忍害伤。其次名曰学穷：傲数与名[24]，摘抉杳微[25]；高挹群言[26]，执神之机[27]。又其次曰文穷：不专一能，怪怪奇奇；不可时施[28]，只以自嬉。又其次曰命穷：影与形殊，面丑心妍；利居众后，责在人先。又其次曰交穷：磨肌戛骨，吐出心肝[29]；企足以待，置我仇冤[30]。凡此五鬼，为吾五患；饥我寒我，兴讹造讪[31]；能使我迷，人莫能间；朝悔其行，暮已复然；蝇营狗苟[32]，驱去

---

⑭ 人皆汝嫌：大家都讨厌你。⑮ 间：离间。⑯ 鼻嗅臭香：谓鬼只闻食物的香味而不吃。⑰ 捐：弃。⑱ 已不：同"与否"。⑲ "非六非四"三句：只是说一个"五"字。⑳ 捩(liè)手覆羹：鬼来一扭手，就把羹汤弄翻，言动手就闯祸。㉑ 转喉触讳：一说话就触犯人的忌讳。㉒ 矫矫亢亢：正直高尚。㉓ 恶圆喜方：憎恶圆滑，喜欢方正。㉔ 傲数与名：对于数和名这些有形迹可求的事物，十分轻视。数：术数。名：指典章制度等。㉕ 摘抉杳微：揭示深远微妙的道理。㉖ 挹：取。㉗ 执神之机：即能掌握事物变化的神秘机兆。㉘ 不可时施：不可施行于当时。㉙ "磨肌"两句：意为对待朋友忠心实在，不作表面敷衍。磨：同"摩"，抚摩。戛：敲击。㉚ "企足"两句：说自己举足盼望交好，别人却把我当作仇人。㉛ 兴讹造讪：制造谣言，进行毁谤。㉜ 蝇营：像苍蝇般飞来飞去，比喻到处钻营。狗苟：如狗一样的苟且偷生，不讲节操。

复还。”

言未毕，五鬼相与张眼吐舌，跳踉偃仆[33]，抵掌顿脚[34]，失笑相顾。徐谓主人曰：“子知我名，凡我所为，驱我令去，小黠大痴[35]。人生一世，其久几何？吾立子名，百世不磨。小人君子，其心不同；惟乖于时，乃与天通。携持琬琰[36]，易一羊皮；饫于肥甘[37]，慕彼糠糜。天下知子，谁过于予；虽遭斥逐，不忍子疏[38]。谓予不信，请质《诗》《书》[39]。”

主人于是垂头丧气，上手称谢[40]，烧车与船，延之上座[41]。

㉝ 跳踉(liáng)：跳跃。 ㉞ 抵掌：击掌。 ㉟ 小黠大痴：小聪明，大呆子。 ㊱ 琬琰：美玉，指宝贵之物。 ㊲ 饫(yù)：饱。 ㊳ 不忍子疏：不忍疏远你。 ㊴ 质：询问，就正。 ㊵ 上手：举起手。 ㊶ 延之上座：意为把穷鬼像贵宾那样接待侍奉。

（笑 吟）

鳄鱼文[1]

【题解】

本文又名《祭鳄鱼文》，但并非祭文，而是一篇讨檄文。鳄鱼本无知嗜血之物，与之说理，似乎比对牛弹琴更加可笑。但作者却以雷霆斧钺之笔，写得极其庄重，文气似司

---

① 选自《韩昌黎文集校注》。

马相如《谕巴蜀檄》。文中对鳄鱼先行之以礼，食以羊豕；又施之以仁，劝其归海；如果依然不听，则慑之以威，必杀不赦。文势曲折次第，文心曲尽情理，从先王说到后王，从今天子跌入刺史，步步紧逼，字挟风霜，凛不可犯。如问罪之师，堂堂正正，体势雄直，气度浩然。传说发文当晚，从水中激起一阵暴风震雷。几天后，溪水干涸，鳄鱼向西迁移六十里，从此不再为害潮州。其事虽属妄诞，其艺术感染力之强则确然无疑。

维年月日②，潮州刺史韩愈，使军事衙推秦济③，以羊一猪一投恶溪之潭水④，以与鳄鱼食，而告之曰：

昔先王既有天下，列山泽⑤，网绳擉刃⑥，以除虫蛇恶物为民害者，驱而出之四海之外。及后王德薄，不能远有，则江、汉之间⑦，尚皆弃之，以与蛮夷楚越⑧；况潮岭、海之间⑨，去京师万里哉？鳄鱼之涵淹卵育于此⑩，亦固其所。今天子嗣唐位，神圣慈武，四海之外⑪，六合之内⑫，皆抚而有之；况禹迹所掩⑬，扬州之近地⑭，刺史县令之所治，出贡赋以供天地宗庙百神之祀之壤者哉？鳄鱼其不可与刺史

② 年月日：或作"维元和十四年四月二十四日"。这年韩愈因上表反对迎佛骨，由刑部侍郎贬为潮州（治所在今广东潮安）刺史，到任后，询问民间疾苦，都说："恶溪有鳄鱼，对百姓生命财产危害极大。"过了几天，韩愈便向鳄鱼宣告此文。 ③ 衙推：主管狱讼的官吏。 ④ 恶溪：即今广东潮安境内的韩江。 ⑤ 列：同"烈"，此作"焚烧"解。 ⑥ 擉（chuō）：刺。 ⑦ 江汉：长江和汉水。 ⑧ 楚越：古国名。楚国领地在荆山一带，后扩大到长江中游。越国领地在今浙江绍兴一带，后扩至江苏、安徽南部。 ⑨ 岭、海之间：五岭以南，大海以北的广大地区。 ⑩ 涵淹：潜伏。卵育：繁殖，生息。 ⑪ 四海：古代认为中国四周皆有海。故称中国为海内，外国为海外。四海意同天下。 ⑫ 六合：天地四方叫"六合"。犹言宇内。 ⑬ 禹迹：禹治洪水，足迹遍于九州，故称九州大地为禹迹。掩：遮盖，即经过。 ⑭ 扬州：古九州之一，潮州古属扬州地域。

杂处此土也！

刺史受天子命，守此土，治此民，而鳄鱼睅然不安溪潭[15]，据处食民畜熊豕鹿獐，以肥其身，以种其子孙[16]，与刺史亢拒[17]，争为长雄；刺史虽驽弱，亦安肯为鳄鱼低首下心[18]，伈伈睍睍[19]，为民吏羞[20]，以偷活于此邪！且承天子命以来为吏，固其势不得不与鳄鱼辨。鳄鱼有知，其听刺史言：

潮之州，大海在其南，鲸鹏之大，虾蟹之细，无不容归，以生以食，鳄鱼朝发而夕至也。今与鳄鱼约：尽三日，其率丑类南徙于海，以避天子之命吏。三日不能至五日，五日不能至七日，七日不能，是终不肯徙也，是不有刺史[21]，听从其言也；不然，则是鳄鱼冥顽不灵，刺史虽有言，不闻不知也。夫傲天子之命吏，不听其言，不徙以避之，与冥顽不灵而为民物害者，皆可杀。刺史则选材技吏民[22]，操强弓毒矢，以与鳄鱼从事[23]，必尽杀乃止。其无悔！

---

⑮ 睅(hàn)然：眼睛突出，无所畏惧的样子。亦通“悍然”，凶暴。 ⑯ 种：养育，繁殖。 ⑰ 亢：通“抗”。 ⑱ 下心：降下心志，即屈服。 ⑲ 伈伈(xǐn)：心怀恐惧的样子。睍睍(xiàn)：胆小不敢正视的样子。 ⑳ 为吏民羞：在属吏和百姓面前丢脸。 ㉑ 不有刺史：目无刺史。 ㉒ 材技吏民：有才能和技艺的官吏、百姓。 ㉓ 从事：进行战斗。

（笑　吟）

柳宗元(773—819)　唐文学家。字子厚，河东解(今山西运城)人，世称柳河东。贞元进士。永贞元年(805)，参加王叔文集团，主张革新，失败后被贬为永州(今湖南零陵)司马，元和十年(815)，改任柳州(今属广西)刺史，死于任所，故又称柳柳州。和韩愈同为古文运动的领导者，为唐宋八大家之一。散文峭拔矫健，趣味幽洁；诗清峭超逸，颇有远韵。有《河东先生集》《外集》。

捕蛇者说[1]

【题解】

本文通过一个捕蛇者的自述，写蒋氏三代宁可死于毒蛇而不愿受苛政之苦这一典型事件，反映了当时横征暴敛给百姓带来的苦难。文中写乡民的劳死、官吏的凶悍，形象鲜明，逼真如画。中间描写蒋氏的心理，曲尽情态，剖析入微。如写蒋氏庆幸自己一年冒二次生命危险，其余则熙熙而乐，可见这“乐”，分明是浸渍血泪的“乐”；写蒋氏以“即使死于毒蛇，也比乡邻多活几年”来自慰自解，又可见当时百姓走投无路的悲哀。文章起伏抑扬，曲折多姿，忧愤之情，溢于言表。最后引用孔子“苛政猛于虎”这句名言，有画龙点睛的作用。

永州之野产异蛇，黑质而白章[2]，触草木，尽死；以啮人，无御之者[3]。然得而腊之以为饵[4]，可以已大风、挛踠、瘘疠[5]，去死肌[6]，杀

---

① 选自《柳河东集》。② 黑质而白章：黑色底子上有白色斑纹。③ 御：抵挡。④ 腊(là)：干肉。这里作动词用，指风干。饵：药饵。⑤ 已：止，治好。大风：麻风病。挛踠(luán wǎn)：手脚蜷曲不能伸展的病。瘘(lòu)：脖子肿大。疠(lì)：恶疮。⑥ 死肌：失去机能的肌肉。

三虫[7]。其始，太医以王命聚之[8]，岁赋其二[9]。募有能捕之者，当其租入[10]。永之人争奔走焉。

有蒋氏者，专其利三世矣。问之，则曰："吾祖死于是，吾父死于是，今吾嗣为之十二年，几死者数矣。"言之，貌若甚戚者。

余悲之，且曰："若毒之乎[11]？余将告于莅事者[12]，更若役[13]，复若赋[14]，则何如？"

蒋氏大戚，汪然出涕曰："君将哀而生之乎？则吾斯役之不幸，未若复吾赋不幸之甚也。向吾不为斯役[15]，则久已病矣[16]。自吾氏三世居是乡，积于今，六十岁矣，而乡邻之生日蹙[17]。殚其地之出[18]，竭其庐之入，号呼而转徙，饥渴而顿踣[19]，触风雨，犯寒暑，呼嘘毒疠，往往而死者相藉也[20]。曩与吾祖居者[21]，今其室十无一焉；与吾父居者，今其室十无二三焉；与吾居十二年者，今其室十无四五焉。非死，则徙尔，而吾以捕蛇独存。悍吏之来吾乡，叫嚣乎东西，隳突乎南北[22]，哗然而骇者，虽鸡狗不得宁焉。吾恂恂而起[23]，视其缶，而吾蛇尚存，则弛然而卧[24]，谨食之，时而献焉[25]。退而甘食其土之有，以尽吾齿[26]。盖一岁之犯死者二焉，其余，则熙熙而乐。岂若吾乡

⑦ 三虫：指人体内的寄生虫。 ⑧ 太医：即御医，皇室的医生。 ⑨ 岁赋其二：每年征收两次。 ⑩ 当其租入：抵当他应缴的租税。 ⑪ 若：你。 ⑫ 莅事者：当事的人，指地方官。 ⑬ 更若役：改换你的劳役。 ⑭ 复若赋：恢复你原来纳的税。 ⑮ 向：假使。 ⑯ 病：此处指困苦不堪。 ⑰ 蹙（cù）：窘迫困苦。 ⑱ 殚（dān）：尽，竭。 ⑲ 顿踣（bó）：劳累倒下。 ⑳ 相藉：相互枕藉，形容人死之多。 ㉑ 曩：从前。 ㉒ 隳（huī）突：骚扰，冲撞。 ㉓ 恂恂（xún）：小心谨慎的样子。 ㉔ 弛然：轻松的样子。 ㉕ 时：按时，到时候。 ㉖ 齿：年寿。

邻之旦旦有是哉㉗？今虽死乎此，比吾乡邻之死，则已后矣，又安敢毒耶！”

余闻而愈悲。孔子曰：“苛政猛于虎也㉘”，吾尝疑乎是。今以蒋氏观之，犹信。呜呼！孰知赋敛之毒，有甚是蛇者乎？故为之说，以俟夫观人风者得焉㉙。

㉗ 旦旦有是：天天有死亡的威胁。 ㉘ 苛政猛于虎：语出《礼记·檀弓》。苛政，这里指横征暴敛。 ㉙ 观人风者：视察民情的人。人风即“民风”，唐代避太宗李世民的讳，“民”字都代以“人”字。

（笑　吟）

三　　戒[①]

【题解】

柳宗元的寓言，大多短小警策，语言幽默，笔锋犀利，构思巧妙，形象鲜明，哲理精深，趣味隽永，寓意深长，发人思省。谪居永州时所作的《三戒》，即其寓言的代表作。文中包括三个小品，写麋鹿的恃宠傲物，驴子的外强中干，老鼠的得意忘形。通过这三种动物形象，借题发挥，揭露了当时一些达官贵人、得意小人的丑态，并预言其必然灭亡的命运，以小见大，耐人寻味。其中写麋忘乎所以，与狗相狎的情态，活灵活现；写虎看到驴，始而疑、继而骇、终而喜的过程，曲折尽致；写鼠肆无忌，作恶成性，绘声绘色。寥寥

① 选自《柳河东集》。

数笔，竟能塑造出如此生动的形象，殊属难得。

吾恒恶世之人，不知推己之本[②]，而乘物以逞[③]。或依势以干非其类[④]，出技以怒强[⑤]，窃时以肆暴[⑥]，然卒迨于祸[⑦]。有客谈麋、驴、鼠三物，似其事，作《三戒》。

临江之麋

临江之人畋得麋麑[⑧]，畜之。入门，群犬垂涎，扬尾皆来。其人怒，怛之[⑨]。自是日抱就犬[⑩]，习示之[⑪]，使勿动。稍使与之戏，积久，犬皆如人意。麋麑稍大，忘己之麋也，以为犬良我友[⑫]，抵触偃仆[⑬]，益狎。犬畏主人，与之俯仰甚善[⑭]。然时啖其舌[⑮]。

三年，麋出门，见外犬在道甚众，走欲与为戏。外犬见而喜且怒，共杀食之，狼藉道上[⑯]。麋至死不悟。

黔之驴

黔无驴[⑰]，有好事者船载以入。至则无可用，放之山下。虎见

---

② 推己之本：考虑自己的实际情况。③ 乘物以逞：倚仗外力来逞强。④ 干非其类：冒犯不是自己的同类。如"临江之麋"。⑤ 出技怒强：卖弄本领，激怒强者。如"黔之驴"。⑥ 窃时肆暴：利用时机，恣意作恶。如"永某氏之鼠"。⑦ 迨(dài)：及，遭到。⑧ 临江：今江西清江。畋(tián)：打猎。麑：幼鹿。⑨ 怛(dá)之：吓退群犬。⑩ 就：靠近 ⑪ 习示之：经常让狗看。⑫ 良：真的。⑬ 抵触偃仆：互相碰撞翻滚。⑭ 俯仰：周旋嬉戏。⑮ 啖(dàn)舌：狗舔着舌头，想吃小鹿。⑯ 狼藉：散乱不整。指小鹿被吃后，皮毛骨头乱丢一地。⑰ 黔(qián)：唐代黔中道辖境在今四川东南部及贵州北部。后贵州省即简称为黔。

之，庞然大物也，以为神。蔽林间窥之，稍出近之，慭慭然莫相知[18]。

他日，驴一鸣，虎大骇，远遁，以为且噬己也，甚恐。然往来视之，觉无异能者。益习其声，又近出前后，终不敢搏。稍近，益狎，荡倚冲冒[19]，驴不胜怒，蹄之。虎因喜，计之曰："技止此耳！"因跳踉大㘎[20]，断其喉，尽其肉，乃去。

噫！形之庞也类有德，声之宏也类有能。向不出其技，虎虽猛，疑畏卒不敢取，今若是焉[21]，悲夫！

永某氏之鼠

永有某氏者[22]，畏日[23]，拘忌异甚。以为己生岁值子[24]，鼠，子神也[25]，因爱鼠，不畜猫犬，禁童勿击鼠。仓廪庖厨，悉以恣鼠，不问。

由是鼠相告，皆来某氏，饱食而无祸。某氏室无完器，椸无完衣[26]，饮食大率鼠之余也。昼累累与人兼行，夜则窃啮斗暴，其声万状，不可以寝，终不厌。

数岁，某氏徙居他州，后人来居，鼠为态如故。其人曰："是阴类恶物也[27]，恣暴尤甚，且何以至是乎哉？"假五六猫，阖门，撤瓦，灌穴，购僮罗捕之[28]。杀鼠如丘，弃之隐处，臭数月乃已。

---

⑱ 慭慭(yìn)：谨慎小心。莫相知：不知道(它)是什么。 ⑲ 荡倚冲冒：摇动、倚靠、冲撞、冒犯。 ⑳ 㘎(hǎn)：虎吼声。 ㉑ 若是：如此。 ㉒ 永：永州。 ㉓ 畏日：怕触犯忌日，旧时迷信，不吉利的日子要避忌。 ㉔ 生岁值子：出生年份正当子年。 ㉕ 子神：子年的生肖，属鼠。 ㉖ 椸(yí)：衣架。 ㉗ 阴类恶物：在阴暗处作恶的东西。 ㉘ 购僮：奖励仆人。

（笑 吟）

呜呼！彼以其饱食无祸为可恒也哉！

种树郭橐驼传[1]

【题解】

本文看似人物传记，但郭橐驼很可能出自作者的虚构，并无其人。故也可看作是一篇寓言。文章句句写种树之道，却句句是治民之则。“顺天致性”四字，一语中的，作者之意，尽在于此。文中写俗吏对百姓的骚扰，揭示其“害民”“仇民”的实质，要求政府能像郭橐驼顺应自然那样，顺应民情，养生而不害生，安民而不扰民。最后效法《庄子》中文惠君感庖丁言，以“吾问养树，得养人术”，点明主题，收束全篇。结句拈出“官戒”，语尤冷峭。

郭橐驼[2]，不知始何名。病偻[3]，隆然伏行[4]，有类橐驼者，故乡人号之“驼”。驼闻之曰：“甚善！名我固当。”因舍其名，亦自谓“橐驼”云。

其乡曰丰乐乡，在长安西。驼业种树，凡长安豪家富人为观游，及卖果者，皆争迎取养[5]。视驼所种树，或移徙，无不活，且硕茂蚤实以蕃[6]。他植者虽窥伺效慕，莫能如也。

---

① 选自《柳河东集》。② 橐（tuó）驼：骆驼。③ 偻（lóu）：曲背。④ 隆然伏行：高耸背脊，弯腰走路。⑤ 取养：养在家中。⑥ 硕茂蚤实以蕃：树木高大茂盛，所结果实，既早且多。蚤，同“早”。

有问之，对曰："橐驼非能使木寿且孳也[7]，能顺木之天[8]，以致其性焉尔[9]。凡植木之性，其本欲舒[10]，其培欲平，其土欲故，其筑欲密[11]。既然已，勿动勿虑，去不复顾。其莳也若子[12]，其置也若弃[13]，则其天者全而其性得矣。故吾不害其长而已，非有能硕茂之也；不抑耗其实而已，非有能蚤而蕃之也。他植者则不然。根拳而土易，其培之也，若不过焉则不及。苟有能反是者，则又爱之太殷，忧之太勤，旦视而暮抚，已去而复顾。甚者爪其肤以验其生枯[14]，摇其本以观其疏密，而木之性日以离矣。虽曰爱之，其实害之，虽曰忧之，其实仇之。故不我若也[15]。吾又何能为哉？"

问者曰："以子之道，移之官理[16]，可乎？"驼曰："我知种树而已，官理，非吾业也。然吾居乡，见长人者好烦其令[17]，若甚怜焉，而卒以祸。旦暮吏来而呼曰：'官命促尔耕，勖尔植[18]，督尔获，蚤缫而绪[19]，蚤织而缕，字而幼孩[20]，遂而鸡豚[21]。'鸣鼓而聚之，击木而召之[22]。吾小人辍飧饔以劳吏者且不得暇[23]，又何以蕃吾生而安吾性耶？故病且怠；若是，则与吾业者其亦有类乎？"

---

⑦ 寿且孳：活得久，长得快。 ⑧ 天：天性，自然规律。 ⑨ 致：尽。焉尔：罢了。 ⑩ 本：根。 ⑪ 筑：捣土。 ⑫ 莳(shí)：移植，栽种。若子：像爱护子女一样。 ⑬ 置也：种好以后。 ⑭ 爪：同"抓"。肤：树皮。 ⑮ 不我若：即不若我，不如我。 ⑯ 官理：当官治理政事。 ⑰ 长人者：做官的。 ⑱ 勖(xù)：勉励。 ⑲ 缫(sāo)：煮茧抽丝。而：同"尔"，你们。绪：丝头，指丝。 ⑳ 字：养育。 ㉑ 遂：成。犹言养好。 ㉒ 木：梆子。 ㉓ 飧(sūn)：晚饭。饔(yōng)：早饭。劳：慰劳，招待。

（笑　吟）

问者嘻曰："不亦善夫！吾问养树，得养人术。"传其事以为官戒也。

愚溪诗序[1]

【题解】

这是为《八愚诗》所作的一篇序文。全文用"愚"字多达二十七次，通篇就一"愚"字点染成文，情怀借此抒发，意境由此而生，既以愚嘲弄山水，也以愚自嘲。溪边的奇山异水，因"无以利世"，都含垢忍辱，被以"愚"名，但"善鉴万类"，岂非其识？"清莹秀沏"，岂非其清？"锵鸣金石"，岂非其文？这是写溪，也是自喻。可见"无以利世"，实是无法利世。这正是怀才不遇，壮志难酬的慨叹。最后"超鸿蒙，混希夷"数句，隐寓着一个志行高洁、迥出流俗的志士的孤寂和悲哀。"愚"字原极昏冥，但本文却写得极其秀发，人与溪互为吐纳，不但笔墨入妙，更觉心灵超融。文章前后照应，异趣沓来，错落有致，指点如画，所谓"漱涤万物，牢笼百态"，正是对这篇文章最好的评价。

灌水之阳[2]，有溪焉，东流入于潇水[3]。或曰："冉氏尝居也，故姓是溪曰冉溪。"或曰："可以染也，名之以其能，故谓之染溪。"余以愚触罪，谪潇水上。爱是溪，入二三里，得其尤绝者家焉。古有愚公

① 选自《柳河东集》。 ② 灌水：湘江支流，在今湖南零陵境内。阳：水北为阳。 ③ 潇水：源出湖南宁远九嶷山，至零陵西北入湘江。

谷[4]，今余家是溪，而名莫能定，土之居者犹龂龂然[5]，不可以不更也，故更之为愚溪。

愚溪之上，买小丘，为愚丘。自愚丘东北行六十步，得泉焉，又买居之，为愚泉。愚泉凡六穴，皆出山下平地，盖上出也[6]，合流屈曲而南，为愚沟。遂负土累石，塞其隘为愚池。愚池之东为愚堂。其南为愚亭。池之中为愚岛。嘉木异石错置，皆山水之奇者，以余故，咸以"愚"辱焉。

夫水，智者乐也[7]；今是溪独见辱于愚，何哉？盖其流甚下[8]，不可以灌溉；又峻急，多坻石[9]，大舟不可入也；幽邃浅狭[10]，蛟龙不屑，不能兴云雨。无以利世，而适类于余，然则虽辱而愚之可也。

宁武子邦无道则愚[11]，智而为愚者也。颜子终日不违如愚[12]，睿而为愚者也。皆不得为真愚。今余遭有道，而违于理，悖于事，故凡为愚者莫我若也。夫然，则天下莫能争是溪，余得专而名焉。

溪虽莫利于世，而善鉴万类[13]；清莹秀澈，锵鸣金石；能使愚者喜笑眷慕，乐而不能去也。余虽不合于俗，亦颇以文墨自慰，漱涤万

---

④ 愚公谷：在今山东淄博北。《说苑·政理》载：齐桓公出去打猎，进入一个山谷，见一老人，问道："这是什么山谷？"答道："愚公之谷。"又问为什么？答道："因为我叫愚公，所以起了这名字。" ⑤ 龂(yín)龂：争辩貌。 ⑥ "愚泉凡六穴"三句：愚泉共有六个泉源，都出自山下平地，是地下水向上涌出地面形成的。 ⑦ 智者乐(yào)水：《论语·雍也》："知者乐水，仁者乐山。"乐，喜好。 ⑧ 甚下：地势很低。 ⑨ 坻(chí)石：露出水面的石头。 ⑩ 幽邃(suì)：幽僻深远。 ⑪ 宁武子：春秋时卫国大夫宁俞。《论语·公冶长》："宁武子邦有道则智，邦无道则愚。" ⑫ 颜子：孔子的弟子颜回。《论语·为政》：子曰："吾与回言终日，不违(不提不同意见)如愚。" ⑬ 善鉴万类：长于反映各种事物。

物，牢笼百态[14]，而无所避之。以愚辞歌愚溪，则茫然而不违[15]，昏然而同归[16]，超鸿蒙[17]，混希夷[18]，寂寥而莫我知也[19]。于是作《八愚诗》，记于溪石上。

---

⑭“漱涤”两句：形容作者的写作能力。世上各种事物，一经刻画描绘，就像被清水洗过，显得格外鲜明。事物的各种变化状态，在作者笔下包罗无遗，极言观察力的锐敏和深刻。⑮ 茫然：即茫茫然，不分明的样子。不违：不可分离。 ⑯ 昏然：即昏昏然，不清楚的样子。同归：会合到一起。 ⑰ 超：超脱。鸿蒙：宇宙形成前的浑沌形态，即是自然元气。 ⑱ 混：混同。希夷：无色无音。《老子》：“视之不见名曰夷，听之不闻名曰希。”这里说与自然界混同，物我不分。 ⑲ 寂寥：无声无形。莫我知：即不知我。不知自己的存在，即是形神俱忘。

（笑　吟）

始得西山宴游记[①]

【题解】

顺宗永贞元年(805)，柳宗元被贬为永州司马，万里投荒，孤愤难伸。于是放情山水，将悲怨抑郁，一寓于文。其代表作即为《永州八记》，分写八个景点，各自独立成篇，但又前后连贯，构成一个整体。本文是《八记》的第一篇。文章既不从正面描写西山，也略去了山上的景物，而是用映衬的手法，着力从仰望、攀登，特别是登上山顶后四面眺望进行描写，将千里景物缩小到尺寸画面之中。借助这种阔大的境界，烘托西山的高峻、

---

① 选自《柳河东集》。据《舆地纪胜》，西山在永州城西潇水边。但据今人考证，柳文所言西山，乃愚溪口西面的粮子岭。

奇特。文中对宴游之乐，同样一笔带过，而是着重描写登高望远，为景物所陶醉，乃至与大自然融为一体的感受，从反面透示了作者在人间的拘束和不安。

自余为僇人②，居是州，恒惴栗③。其隙也④，则施施而行⑤，漫漫而游⑥。日与其徒上高山，入深林，穷回溪⑦，幽泉怪石，无远不到。到则披草而坐，倾壶而醉；醉则更相枕以卧。卧而梦，意有所极，梦亦同趣⑧。觉而起，起而归。以为凡是州之山水有异态者，皆我有也⑨，而未始知西山之怪特⑩。

今年九月二十八日，因坐法华西亭⑪，望西山，始指异之。遂命仆人，过湘江，缘染溪，斫榛莽，焚茅茷⑫，穷山之高而止。攀援而登，箕踞而遨⑬，则凡数州之土壤，皆在衽席之下。其高下之势，岈然洼然⑭，若垤若穴⑮，尺寸千里⑯，攒蹙累积⑰，莫得遁隐。萦青缭白⑱，外与天际，四望如一。然后知是山之特立，不与培塿为类⑲。悠悠乎与颢气俱而莫得其涯⑳，洋洋乎与造物者游而不知其所穷㉑。

---

② 僇(lù)人：即"戮民"，受过刑辱的人。③ 栗：恐惧。④ 隙：空闲之时。⑤ 施施(yí)：缓缓地走。⑥ 漫漫：随意地，无目的地。⑦ 回：萦回、曲折。⑧"意有"两句：意为想去某个地方，梦中就会到那里去。极，至。趣，同"趋"。⑨ 皆我有：都被我游览过。⑩ 未始：未尝，不曾。⑪ 法华西亭：法华寺西边的亭子。法华寺在零陵城内东山上。⑫ 茅茷(fá)：茅草。茷：草叶茂盛。⑬ 箕踞：伸开两腿坐在地上。在古代这是一种不守礼节、放任自适的举动。遨：游玩。此指纵目观览。⑭ 岈(xiā)然：山谷空旷的样子。洼然：溪谷低深的样子。⑮ 垤(dié)：蚂蚁封窝的土堆，也泛指小土堆。穴，蚁穴，洞穴。⑯ 尺寸千里：尺寸之间，即有千里之遥。极言登得高，望得远。⑰ 攒(cuán)：聚集。蹙(cù)：收缩。指将景物聚集收拢在眼底。⑱ 萦青缭白：围绕着青山白水。⑲ 培塿(pǒu lóu)：小土丘。⑳ 悠悠：遥远无穷尽。颢气：即"浩气"，大自然之气。㉑ 洋洋：广大无边。造物者：指创造万物的大自然。

引觞满酌，颓然就醉，不知日之入。苍然暮色，自远而至。至无所见，而犹不欲归。心凝形释[22]，与万化冥合[23]。然后知吾向之未始游，游于是乎始。故为之文以志[24]。

是岁，元和四年也。

㉒ 心凝形释：心像凝结那样忘掉一切思虑，形体像消散那样忘掉自我的存在。㉓ 与万化冥合：与万物融化合为一体。冥合，暗合。㉔ 志：记。

（笑　吟）

钴鉧潭记[1]

【题解】

这是《永州八记》中的第二篇。在柳宗元的笔下，自然山水都已人格化、个性化，特别是都有着与其性格、境遇谐和一致的美的特征：高洁、幽邃、凄清。这在本文和《小石潭记》中表现得尤其明显。文章写潭简峭，记游孤迥。其写冉水，以“颠委势峻”四字，表现地势高下及水势由高而下的峻急；以“荡击益暴，啮其涯”数字，赋予水以生命力，尤见作者观察的细微，刻画的功力。中间插入一段揭露时弊、忧民困苦的描写，使那凄清的景物变得格外凄凉。结语反用一个“乐”字，托出难以掩抑的哀怨之音、无可奈何的凄楚之情，极幽冷之趣。

---

① 选自《柳河东集》。据《舆地纪胜》，钴鉧潭在永州城西五里，为冉溪支流。因潭形如钴鉧（熨斗），故名。其旧址在今湖南零陵柳侯祠附近的愚溪中。

钴鉧潭在西山西。其始盖冉水自南奔注，抵山石，屈折东流；其颠委势峻，荡击益暴[②]，啮其涯[③]，故旁广而中深，毕至石乃止[④]。流沫成轮[⑤]，然后徐行；其清而平者且十亩余，有树环焉，有泉悬焉。

其上有居者，以予之亟游也[⑥]，一旦款门来告曰[⑦]："不胜官租私券之委积[⑧]，既芟山而更居[⑨]，愿以潭上田，贸财以缓祸[⑩]。"

予乐而如其言。则崇其台，延其槛，行其泉于高者坠之潭，有声潨然[⑪]，尤与中秋观月为宜，于以见天之高，气之迥[⑫]。孰使予乐居夷而忘故土者[⑬]，非兹潭也欤？

---

② "其颠委"两句：冉水的源头地势高，水从上而下，流势峻急，冲击得更猛烈。 ③ 啮(niè)：咬。这里作"侵蚀"解。 ④ 毕：终，最后。 ⑤ 流沫成轮：水流激起的旋涡，如车轮那样一圈一圈地流转。 ⑥ 亟(qì)：屡次。 ⑦ 款门：敲门。 ⑧ 私券：私人借据。委积：积聚。 ⑨ 芟(shān)：除草。这里指开荒。 ⑩ 贸财：换钱。 ⑪ 潨(cóng)：同"淙"，水声。 ⑫ 气之迥：气之清明。迥：远。气清则望远。 ⑬ 夷：古代对少数民族的贬称。这里指居住在边远地区。

（笑　吟）

钴鉧潭西小丘记[①]

【题解】

这是《永州八记》中的第三篇。前面写小丘之胜，后面写弃掷之感，奇趣逸情，引人

---

① 选自《柳河东集》。

入胜。作者用拟人化的手法，静景动写，形容丘石，刻镂万状，笔笔写活。写小丘被弃，颇有同病相怜之意。篇末祝贺小丘，实际上是在自吊。以弃人写弃丘，真可谓伤心人别有怀抱。作者之笔，不仅能逼真地描写出自然景物的形态，还能曲折地表现其情趣，传出其精神。中间写云浮、鸟飞、水声、天色，写空灵的境界、幽静的气氛，写作者耳目与之相交，心神与之相契，都颇有独到之处。

得西山后八日，寻山口西北道二百步②，又得钴鉧潭。

潭西二十五步，当湍而浚者为鱼梁③。梁之上有丘焉，生竹树。其石之突怒偃蹇负土而出争为奇状者④，殆不可数⑤。其嵚然相累而下者⑥，若牛马之饮于溪；其冲然角列而上者⑦，若熊罴之登于山⑧。丘之小不能一亩，可以笼而有之⑨。

问其主，曰："唐氏之弃地，货而不售⑩。"问其价，曰"止四百。"余怜而售之。李深源、元克己时同游⑪，皆大喜，出自意外。即更取器用，铲刈秽草，伐去恶木，烈火而焚之。嘉木立，美竹露，奇石显。由其中以望：则山之高，云之浮，溪之流，鸟兽之遨游，举熙熙然回巧献技⑫，以效兹丘之下⑬。枕席而卧，则清泠之状与目谋⑭，潆潆之

② 寻：沿着。道：用作动词，行走。 ③ 湍：急流。浚：深。鱼梁：用土石作堰拦水，中间留一缺口，下面放置捕鱼之具。 ④ 突怒：奋然怒起的样子。偃蹇：傲然高耸的样子。负土而出：这些石头像是从地下钻出，身上还背着泥土。 ⑤ 殆：几乎，差不多。 ⑥ 嵚(qīn)然：倾侧的样子。相累：相叠。 ⑦ 冲然：突起的样子。角列：如兽角排列。 ⑧ 罴(pí)：熊的一种。 ⑨ 笼：装入袖子中。 ⑩ 货：出卖。不售：卖不出。 ⑪ 李深源、元克己：作者的朋友，时同在永州。 ⑫ 举：全，都。 ⑬ 效：呈献。 ⑭ 清泠(líng)：清凉。指水色。谋：商议，引申为和谐交流，彼此默契。

声与耳谋[15]，悠然而虚者与神谋[16]，渊然而静者与心谋[17]。不匝旬而得异地者二[18]，虽古好事之士，或未能至焉。

噫！以兹丘之胜，致之沣、镐、鄠、杜[19]，则贵游之士争买者，日增千金而愈不可得。今弃是州也，农夫渔父过而陋之，贾四百[20]，连岁不能售；而我与深源、克己独喜得之，是其果有遭乎？

书于石，所以贺兹丘之遭也[21]。

---

⑮ 潆潆：水流回旋。 ⑯ “悠然”句：精神接触的是闲适而空灵的境界。 ⑰ “渊然”句：心灵接触的是深沉而幽静的境界。 ⑱ 不匝旬：不满十天。 ⑲ 沣(fēng)、镐(hào)、鄠(hù)、杜：地名，都在唐朝京都长安附近，是当时贵族居住游乐的地方。 ⑳ 贾：同“价”。 ㉑ 遭：遭逢，遇合。

（笑　吟）

至小丘西小石潭记[1]

【题解】

这是《永州八记》中第四篇，也是其中最出色的一篇。柳宗元的游记，长于渲染一种清冷、高洁、幽深的意境，本文最典型地体现了这种艺术特色。中间写潭中游鱼的形态，栩栩如生。鱼好像在空中游动，毫无依托；日光下照，鱼影散布石上，虽无一笔写水，但潭水清澈，如在眼前。和前几篇不同，本文无一字议论，只是在景中抒情，通过游历，将

---

① 选自《柳河东集》。

所见、所闻、所感表达出来，反显得感情深沉。其中写游鱼与人相乐，即隐寓着作者无法与世人相乐之意。文章最后以“其境过清”作结，一种凄凉幽寂的气氛，从笔端流出，直接渗入人的心灵，使人真切地感受到作者孤寂悲怆的心情。传统的情景交融的描写，在柳宗元的笔下，臻于化境。

从小丘西行百二十步，隔篁竹②，闻水声，如鸣珮环③。心乐之，伐竹取道，下见小潭，水尤清冽。全石以为底④，近岸，卷石底以出⑤，为坻，为屿，为嵁，为岩⑥。青树翠蔓，蒙络摇缀，参差披拂⑦。潭中鱼可百许头⑧，皆若空游无所依⑨。日光下澈，影布石上，佁然不动⑩；俶尔远逝⑪，往来翕忽⑫，似与游者相乐。

潭西南而望，斗折蛇行⑬，明灭可见⑭。其岸势犬牙差互⑮，不可知其源。

坐潭上，四面竹树环合，寂寥无人，凄神寒骨，悄怆幽邃。以其境过清⑯，不可久居，乃记之而去。

同游者，吴武陵、龚古、余弟宗玄⑰。隶而从者，崔氏二小生：曰

---

② 篁竹：竹林。 ③ 珮环：玉佩。古人身上佩带的玉制装饰品，行走时相互碰撞发出清脆的声响。 ④ 全石：整块石头。 ⑤ 卷石底以出：潭底石向上翻卷而露出水面。 ⑥ 为：形成。坻(chí)：水中的高地。屿(yǔ)：小岛。嵁(kān)：不平的山岩。岩：山岩。 ⑦ 蒙络摇缀，参差披拂：枝茎覆盖缠绕，摇动下垂，参差不齐，随风飘动。 ⑧ 可：约略，大概。许：上下，左右。 ⑨“皆若”句：如在空中浮游，无所依托。“空”“无”两字，形容潭水清澈。 ⑩ 佁(yǐ)然：痴呆不动的样子。 ⑪ 俶(chù)尔：忽然。 ⑫ 翕(xī)忽：即“倏忽”。轻快的样子。 ⑬ 斗折：小溪曲折像北斗星。蛇行：溪水像蛇那样蜿蜒游动。 ⑭ 明灭可见：时隐时现，忽明忽暗。 ⑮ 犬牙差互：溪岸如犬牙那样交错不齐。 ⑯ 过清：太凄清。 ⑰ 吴武陵：信州(今江西上饶)人，元和三年，贬官永州，为柳宗元所重。龚古：事迹不详。

（笑　吟）

恕己,曰奉壹。

袁家渴记①

【题解】

这是《永州八记》中的第五篇。文中记山、记水、记石、记树,无不可观,而写得最生动形象的,则是风吹花草这一段。苏轼说柳宗元作文,善于选择词语。如本文“每风自四山而下”以下五句,可谓精微入妙。因风从四面山上吹来,摇动树木,故用“振动”;众草柔弱,随风而倒,故用“掩苒”;红花绿叶,被风吹得纷乱颤动,故用“纷红骇绿”。“纷”和“骇”不仅写出花叶的形态,还赋予了一种人格化的情绪。作者借风将山、树、花、草,一并收在水上,或远或近,或动或静,写得有性有情,有声有色。“舟行若穷,忽又无际”二句,为宋人名句“安知清流转,忽与前山通”“山重水复疑无路,柳暗花明又一村”之出处。

由冉溪西南水行十里,山水之可取者五,莫若钴鉧潭②;由溪口而西,陆行可取者八九,莫若西山;由朝阳岩东南③,水行至芜江④,可取者三,莫若袁家渴:皆永中幽丽奇处也。

---

① 选自《柳河东集》。袁家渴(hè),据《舆地纪胜》,是永州城南十里的一条小河。② 莫若:没有像,没有比得上。③ 朝阳岩:地名,在永州南二里潇江上。唐诗人元结过此,见其岩石向东,因取名“朝阳”。④ 芜江:“芜”字或许是“潇”字之误。

楚、越之间方言⑤，谓水之反流者为渴⑥，音若衣褐之褐。渴上与南馆高嶂合⑦，下与百家濑合⑧。其中重洲小溪⑨，澄潭浅渚⑩，间厕曲折⑪，平者深墨，峻者沸白⑫。舟行若穷，忽又无际⑬。

有小山出水中。山皆美石，上生青丛⑭，冬夏常蔚然。其旁多岩洞，其下多白砾⑮；其树多枫、柟⑯、石楠、楩、槠、樟、柚；草则兰芷，又有异卉，类合欢而蔓生⑰，轇轕水石⑱。

每风自四山而下，振动大木，掩苒众草⑲，纷红骇绿⑳，蓊葧香气㉑；冲涛旋濑㉒，退贮溪谷；摇飏葳蕤㉓，与时推移。其大都如此，余无以穷其状。永之人未尝游焉。余得之，不敢专也㉔，出而传于世。其地主袁氏，故以名焉。

---

⑤ 方言：只在一个地区使用的土话。 ⑥ 反流：水都东流，此指西流，故称反流。 ⑦ 南馆高嶂：袁家渴上游发源处的高山。 ⑧ 百家濑：水名。在湖南零陵南。濑，流在沙石上的溪水。 ⑨ 重洲：重叠的洲。 ⑩ 浅渚（zhǔ）：刚露出水面的土地。渚比洲小。 ⑪ 间厕：夹杂。 ⑫ 平者深墨，峻者沸白：平静的潭水，很深，呈现墨黑色。急流耸起，溅起白色的浪花，像沸水一般翻腾。 ⑬ 舟行若穷，忽又无际：舟向前行，好像已到尽头，一转弯，忽又变得一望无际。 ⑭ 青丛：常青的树丛。 ⑮ 白砾（lì）：白色的小石子。 ⑯ 柟（nán）：即"楠"。 ⑰ 类合欢而蔓生：形状像合欢树，却是草本蔓生的。合欢树叶子合拢，故名。 ⑱ 轇轕（jiāo gé）：交结，杂乱。 ⑲ 掩冉：草随风倾倒的样子。 ⑳ 纷红骇绿：花叶被风吹得乱纷纷的。 ㉑ 蓊葧：浓郁。 ㉒ 冲涛旋濑：浪涛冲激，溪水回旋。 ㉓ 葳蕤（wēi ruí）：形容花草纷披茂盛。 ㉔ 专：据为私有。

（笑　吟）

与李翰林建书[①]

【题解】

柳宗元在贬官永州后，曾致信在京的一些好友，表白自己的心迹，陈述谪居的凄苦，同时提出求援的希望。这是其中的一篇，作于元和四年(809)。文章前写荒徼风物之恶，后感人生岁月之促，情意悽恻，造语极工。茅坤说这些书信出自司马迁的《报任安书》，但就文章风格而言，两者存在着很大的差异。司马迁意气愤郁，其文沉雄激昂；柳宗元凄楚酸心，其文怆恻哀怨。司马迁挥天斥地，其文如江海怒涛；柳宗元忧谗畏讥，其文如山泉幽咽。司马迁如燕赵豪士，其文惊心动魄；柳宗元如孤臣孽子，其文暗然伤怀。

杓直足下：州传遽至[②]，得足下书，又于梦得处得足下前次一书[③]，意皆勤厚。庄周言，逃蓬藋者，闻人足音，则跫然喜[④]。仆在蛮夷中，比得足下二书[⑤]，及致药饵，喜复何言？仆自去年八月来，痞疾稍已[⑥]，往时间一二日作，今一月乃二三作。用南人槟榔、余甘[⑦]，破决壅隔大过[⑧]，阴邪虽败，已伤正气，行则膝颤，坐则髀痹[⑨]。所欲者补气丰血，强筋骨，辅心力。有与此宜者，更致数物，忽得良方偕

① 选自《柳河东集》。李建，字杓(biāo)直，年轻时与兄李逊寄居荆州，曾任翰林学士。时任殿中侍御史。 ② 传遽：官府间传递文书的差役，即信使。州传遽，州里的信使。 ③ 梦得：刘禹锡，字梦得。 ④“庄周言”数句：语出《庄子·徐无鬼》。意为逃身荒僻之地的人，听到有人脚步声，便高兴起来。蓬藋(diào)，草莽荒秽之地。跫(qióng)然，脚步声。一说为欣喜的样子。此用后义。 ⑤ 比：近来。 ⑥ 痞疾：胸腹间气机阻塞不舒的疾病。 ⑦ 槟榔、余甘：都是中药名。 ⑧ 壅隔：体内气血不通。 ⑨ 髀痹(bì bì)：大腿及股部肿痛麻木。

至益善。

永州于楚为最南[10]，状与越相类[11]。仆闷即出游，游复多恐。涉野则有蝮虺、大蜂[12]，仰空视地，寸步劳倦。近水即畏射工、沙蝨[13]，含怒窃发，中人形影，动成疮痏。时到幽树好石，暂得一笑，已复不乐。何者？譬如囚拘圜土[14]，一遇和景，负墙搔摩，伸展肢体，当此之时，亦以为适。然顾地窥天，不过寻丈，终不得出，岂复能久为舒畅哉？明时百姓[15]，皆获欢乐，仆士人，颇识古今理道[16]，独怆怆如此[17]！诚不足为理世下执事[18]，至比愚夫愚妇又不可得，窃自悼也！

仆曩时所犯，足下适在禁中，备观本末，不复一一言之。今仆癃残顽鄙[19]，不死幸甚！苟为尧人[20]，不必立事程功[21]，唯欲为量移官[22]，差轻罪累[23]；即便耕田艺麻[24]，取老农女为妻，生男育孙，以供力役；时时作文，以咏太平。摧伤之余，气力可想。假令病尽已，身复壮，悠悠人世，越不过为三十年客耳！前过三十七年，与瞬息无异，复所得者，其不足把玩，亦已审矣[25]。杓直以为诚然乎？

仆近求得经史诸子数百卷，常候战悸稍定[26]，时即伏读，颇见圣

---

⑩ 楚：泛指长江中下游以南的地区。 ⑪ 越：这里指南越，即两广地区。 ⑫ 蝮虺(huǐ)：蝮蛇。 ⑬ 射工：即蜮，传说的一种毒虫名。喷气射人影，会致病杀人。沙蝨：水边草地的小虫，会刺皮肤害人。 ⑭ 圜(yuán)土：牢狱。 ⑮ 明时：治平之世。 ⑯ 理道：治天下的道理。唐人避高宗李治讳，用“理”字代“治”字。 ⑰ 怆怆：忧伤悲痛。 ⑱ 下执事：小官。 ⑲ 癃(lóng)残：弯腰曲背，身体衰残。 ⑳ 尧人：唐尧时代的百姓。唐人避太宗李世民讳，用“人”字代“民”字。这里是说做当代的百姓。 ㉑ 立事程功：建立事业，从而考核劳绩。程，计量。 ㉒ 量移官：调一近职。量移，唐代被贬到远方的官吏，遇赦调到近处任职。 ㉓ 差：稍微。 ㉔ 艺麻：种麻。 ㉕ 审：明白。 ㉖ 战悸(jì)：发抖心跳。

人用心，贤士君子立志之分。著书亦数十篇，心病，言少次第，不足远寄，但用自释[27]。贫者士之常，今仆虽羸馁，亦甘如饴矣。足下言，已白常州煦仆[28]，仆岂敢众人待常州耶[29]？若众人，即不复煦仆矣。然常州未尝有书遗仆[30]，仆安敢先焉？裴应叔、萧思谦[31]，仆各有书，足下求取观之，相戒勿示人。敦诗在近地[32]，简人事，今不能致书，足下默以此书见之[33]。勉尽志虑，辅成一王之法[34]，以宥罪戾。不悉[35]。宗元白。

㉗ 自释：自己解闷。 ㉘ 常州：指李建之兄李逊，当时任常州刺史。煦(xù)：温暖，这里是照顾的意思。 ㉙ 众人：一般人。 ㉚ 遗(wèi)：致送。 ㉛ 裴应叔：裴埙。萧思谦：萧俛。 ㉜ 敦诗：崔群字敦诗，清河人。当时任翰林学士，接近皇帝，地处机要，按规矩不能与人多往来。 ㉝ 默：暗中。 ㉞ 一王之法：一代王朝的法度。 ㉟ 不悉：不详细多写。

（笑　吟）

刘禹锡(772—842)　唐文学家。字梦得,洛阳(今属河南)人,自称祖籍中山(今河北定县)。贞元进士,官监察御史。后参与王叔文集团革新政治,失败后贬为朗州司马,复任连州刺史等,官终检校礼部尚书。工诗,与柳宗元、白居易唱和颇多,世称"刘柳",也称"刘白"。有《刘宾客集》。

陋　室　铭[①]

【题解】

这篇历代传诵的短文,表现了作者安贫乐道、清高脱俗的志趣。文章以比兴手法开篇,借对山高水深的品评,托喻"斯是陋室,惟吾德馨"的主旨。而后紧扣题旨,分写陋室中之佳景、良友、雅趣和清静,又以历史上的英才俊彦作比,展示了意图有所作为的自我期望。篇末引用孔子之言,强调了"君子安贫"的思想。文章立意新颖,笔墨简练。

山不在高,有仙则名;水不在深,有龙则灵。斯是陋室,惟吾德馨[②]。苔痕上阶绿,草色入帘青。谈笑有鸿儒[③],往来无白丁[④]。可以调素琴,阅金经;无丝竹之乱耳[⑤],无案牍之劳形[⑥]。南阳诸葛

---

① 选自《刘宾客集》。 ② "斯是"两句:是说这间屋子是简陋的,只因我的品德美好所以它的名声远扬。馨(xīn),香气。这儿形容德行美好,如香气远飘。 ③ 鸿儒:大儒,渊博的学者。 ④ 白丁:白衣,原指平民,没有官职的人,这儿指缺乏文化修养的人。 ⑤ 丝竹:古代乐器的总称,这里指代乐声。乱耳:扰乱听闻。 ⑥ 案牍:官府的文书,也就是公务。劳形:劳累形体。

庐⑦,西蜀子云亭⑧。孔子云:“何陋之有⑨?”

---

⑦ 南阳诸葛庐:东汉末诸葛亮隐居南阳时所建的草庐。 ⑧ 西蜀子云亭:东汉扬雄字子云,在成都城西有一处住宅,人称扬子宅,又称草玄堂。 ⑨ 何陋之有:有什么简陋呢?语出《论语·子罕》:孔子要到东方去,有人劝阻说,那里僻陋,难以居住。孔子问答道:“君子居之,何陋之有?”

(周圣伟)

李翱(772—841)　唐古文家。字习之，赵郡(今河北邯郸西南)人，祖籍陇西成纪(今甘肃陇西)。贞元进士，官至山南东道节度使。曾从韩愈学古文，积极参加古文运动，文学主张与韩愈相近，时称“韩李”。有《李文公集》等。

题燕太子丹传后[①]

【题解】

这是一篇短跋，相当于现在的读后感。荆轲刺秦王，历来被当作壮举而备受称颂。李翱却认为荆轲没能审时度势，知变识机，徒然感于燕太子丹相待之厚而缺乏政治远见，志虽壮烈，事却徒劳，只能看作是一桩蠢举。文章写得平正从容，论理犀利精警，是翻案文章中的佳作。后来王安石写《读孟尝君传》，似有取于此。

荆轲感燕丹之义[②]，函匕首入秦劫始皇[③]，将以存燕霸诸侯。事虽不成，然亦壮士也。惜其智谋不足以知变识机。始皇之道，异于齐桓[④]；曹沫功成[⑤]，荆轲杀身，其所遭者然也。及欲促槛车驾秦王以如燕[⑥]，童子妇人且明其不能，而轲行之，其弗就也非不

---

① 选自《李文公集》。 ② 荆轲：战国末卫国人，燕丹：战国末燕王喜的太子。 ③ 劫：威逼；胁迫。 ④ 齐桓：齐桓公，春秋时第一个霸主。 ⑤ 曹沫：春秋时鲁将。鲁庄公与齐桓公在柯地会盟，曹沫执匕首威逼桓公，迫其答应退还鲁国失地。 ⑥ 槛车：囚车。如：至。

幸[7]。燕丹之心,苟可以报秦[8],虽举燕国犹不顾,况美人哉[9]!轲不晓而当之[10],陋矣!

---

⑦ 就:成功。⑧ 报:报复。⑨ 况美人哉:太子丹置宴款待荆轲,令美女弹琴助兴。荆轲说最爱美女的手,燕丹便将弹琴女的手砍下献给荆轲。⑩ 当:承担。

(朱幼文)

白居易(772—846)　唐诗人。字乐天,号香山居士。太原(今属山西)人,迁居下邽(今陕西渭南东北)。贞元进士,授秘书省校书郎。迁左拾遗,因谏事得罪权贵,贬江州司马,累迁杭州、苏州刺史。后诏还,官至刑部尚书。是新乐府运动的倡导者。著有《白氏长庆集》。后人辑有《白居易集》。

冷泉亭记[①]

【题解】

长庆二年(822)白居易赴任杭州刺史。这篇题记作于次年。作者借赞扬前任长官筑亭,阐发山水之美,具有裨益身心、陶冶性情的美育作用,故不着重对冷泉亭本身作具体描写,而是盛赞冷泉亭周围的美景。运用长短不一、变化多端的偶句,集中抒写在冷泉亭所感受的情趣和所获得的启发,由景入情,论从景出,读来富于情致和音乐性。

东南山水,余杭郡为最[②];就郡言,灵隐寺为尤[③];由寺观言,冷泉亭为甲。亭在山下,水中央,寺西南隅。高不倍寻[④],广不累丈[⑤],而撮奇得要[⑥],地搜胜概[⑦],物无遁形[⑧]。春之日,我爱其草熏熏[⑨],

---

① 选自《白居易集》。② 余杭:今浙江杭州。③ 灵隐寺:杭州著名的佛寺,建于晋成帝咸和元年(326)。④ 高不倍寻:高度不到两寻。寻是古代长度单位,一寻相当八尺。⑤ 累丈:两丈。⑥ 撮(cuō)奇得要:抓住事物的精华要领。⑦ 地搜胜概:地势包罗了一切优美的景物。⑧ 遁:遗漏。⑨ 薰薰(xūn):花草芳香。

木欣欣，可以导和纳粹[⑩]，畅人血气。夏之夜，我爱其泉渟渟[⑪]，风泠泠[⑫]，可以蠲烦析酲[⑬]，起人心情。山树为盖[⑭]，岩石为屏，云从栋生，水与阶平，坐而玩之者可濯足于床下[⑮]，卧而狎之者可垂钓于枕上。矧又潺湲洁沏[⑯]，粹冷柔滑[⑰]。若俗士，若道人，眼耳之尘，心舌之垢，不待盥涤，见辄除去，潜利阳益[⑱]，可胜言哉！斯所以最余杭而甲灵隐也。

杭自郡城抵四封[⑲]，丛山复湖，易为形胜。先是领郡者[⑳]，有相里尹造作虚百亭[㉑]，有韩仆射皋作候仙亭[㉒]，有裴庶子棠棣作观风亭[㉓]，有卢给事元辅作见山亭[㉔]，及右司郎中河南元藇最后作此亭[㉕]。于是五亭相望，如指之列[㉖]，可谓佳境殚矣[㉗]，能事毕矣。后来者虽有敏心巧目，无所加焉，故吾继之，述而不作[㉘]。长庆三年八月十三日记。

---

⑩ 导和纳粹：纳入新鲜的空气，使人心情和畅。 ⑪ 渟渟（tíng）：形容泉流轻缓。 ⑫ 泠泠（líng）：清凉的样子。 ⑬ 蠲烦析酲（chéng）：解除烦恼，免掉困倦。 ⑭ 盖：伞。 ⑮ 濯（zhuó）：洗。 ⑯ 矧（shěn）：何况。潺湲（chán yuán）：水缓缓流动。 ⑰ 粹冷柔滑：形容涧水的清洁和缓。 ⑱ 潜利阴益：无形中的好处。 ⑲ 四封：四郊。 ⑳ 领郡者：即太守。 ㉑ 相里尹造：姓相里，名造。曾任杭州刺史，故称尹。 ㉒ 韩仆射（yè）皋：韩皋，字仲闻。德宗时曾任杭州刺史，后官为左仆射。 ㉓ 裴庶子棠棣：裴棠棣，曾任杭州刺史，官至太子庶子。 ㉔ 卢给事元辅：卢元辅，字子望，曾任杭州刺史，官至兵部侍郎、给事中。 ㉕ 元藇（xù）：在白居易之前任杭州刺史，时为右司郎中员外郎。 ㉖ 如指之列：好像五个手指排列起来。 ㉗ 殚：尽。 ㉘ 述而不作：语出《论语·述而》。此白居易自谓只是述说别人作亭情形，自己不作新亭。

（朱幼文）

舒元舆(?—835) 婺州东阳(今浙江东阳)人。一说江州(今江西九江)人。出身低微,元和进士,官至御史中丞,兼刑部侍郎,拜同中书门下平章事。大和九年(835),与李训、贾餗等谋诛宦官,事败被杀。善文辞,有《舒元舆集》。

牡　丹　赋[1]

【题解】

在唐代,尽管牡丹备受称赏,为人吟咏,舒元舆却是为其作赋的第一人。此赋从不同的时空和不同的角度,极力描摩牡丹的品种和姿态、使人读之如见其花,如闻其香,得到美的享受。且善于借题发挥,发出"曷草木之命,亦有时而塞,亦有时而开"的感叹,暗寓人事遭际。元舆死后,唐文宗观牡丹,凭栏诵此赋,潸然泪下,可见其感人之深。

古人言花者,牡丹未尝与焉。盖遁于深山[2],自幽而芳,不为贵者所知,花则何遇焉?天后之乡西河也[3],有众香精舍[4],下有牡丹,其花特异。天后叹上苑之有阙[5],因命移植焉。由此京国牡丹[6],日月寖盛[7]。今则自禁闼洎官署[8],外延士庶之家,弥漫如四渎之流[9],不知其止息之地。每暮春之月,遨游之士如狂焉,亦上国繁华

---

① 选自《全唐文》。 ② 遁:隐藏。 ③ 天后:指武则天。西河:郡名,治所在今山西汾阳。则天家乡在并州文水,唐属西河郡。 ④ 精舍:指寺庙。 ⑤ 上苑:皇帝的御花园。有阙:有遗缺,品种不全。 ⑥ 京国:京都,指长安。 ⑦ 寖盛:逐渐兴盛。 ⑧ 禁闼(tà):天子居住的地方。 ⑨ 四渎(dú):古人对江、河、淮、济四条独自入海的大川的总称。

之一事也[10]。近代文士，为歌诗以咏其形容，未有能赋之者，余独赋之，以极其美。或曰："子常以丈夫功业自许，今则肆情于一花，无乃犹有儿女之心乎?"余应之曰："吾子独不见张荆州之为人乎[11]？斯人信丈夫也[12]，然吾观其文集之首，有《荔枝赋》焉。荔枝信美矣，然亦不出一果耳，与牡丹何异哉！但问其所赋之旨何如[13]，吾赋牡丹何伤焉。"或者不能对而退，余遂赋以示之。

圆玄瑞精[14]，有星而景[15]，有云而卿[16]。其光下垂，遇物流形[17]。草木得之，发为红英。英之甚红，锺乎牡丹。拔类迈伦，国香欺兰[18]。我研物情[19]，次第而观。

暮春气极[20]，绿苞如珠。清露宵偃，韶光晓驱[21]。动荡枝节，如解凝结。百脉融畅，气不可遏。兀然盛怒，如将愤泄[22]。淑色披开[23]，照曜酷烈。美肤腻体，万状皆绝。

赤者如日，白者如月。淡者如赭，殷者如血。向者如迎，背者如诀。坼者如语[24]，含者如咽。俯者如愁，仰者如悦。袅者如舞，侧者如跌。亚者如醉[25]，曲者如折。密者如织，疏者如缺[26]。鲜者如濯，

---

⑩ 上国：上都，指长安。⑪ 张荆州：张九龄，唐玄宗时宰相，后为李林甫所忌，贬荆州长史，故称张荆州。⑫ 信：确实。⑬ 所赋之旨：指赋的寓意。⑭ 圆玄：天。瑞精：祥瑞的精华。⑮ 景：景星。《史记·天官书》："景星，德星也，其状无常，常出于有道之国。"⑯ 卿：卿云，亦名庆云。《史记·天官书》："卿云见，喜气也。"⑰ 流形：流布成形。⑱ 国香欺兰：指牡丹之香压倒兰花。⑲ 物情：指自然界的规律。⑳ 暮春：农历三月。㉑ 韶光：指春光。㉒ "兀然"两句：牡丹花将要开放时，如同发怒的人将胸中积愤全倾倒出来。㉓ 淑色：指美丽的花朵。披开，绽开。㉔ 坼(chè)者：绽开的花。㉕ 亚者：低垂的花。㉖ 如缺：如画的空白。

惨者如别㉗。初胧胧而上下，次鲜鲜而重叠。锦衾相覆，绣帐连接。晴笼昼薰㉘，宿露宵裛㉙。或灼灼腾秀㉚，或亭亭露奇㉛。或飐然如招㉜，或俨然如思。或带风如吟，或泣露如悲。或垂然如缒㉝，或烂然如披㉞。或迎日拥砌㉟，或照影临池。或山鸡已驯，或威风将飞。其态万万，胡可立辨㊱。不窥天府㊲，孰得而见。乍疑孙武㊳，来此教战。

其战谓何？摇摇纤柯㊴。玉栏风满，流霞成波。历阶重台，万朵千窠㊵。西子南威，洛神湘娥㊶。或倚或扶，朱颜已酡㊷。角衒红缸，争颦翠蛾㊸。灼灼夭夭㊹，逶逶迤迤。汉宫三千，艳列星河。我见其少，孰云其多。

弄彩呈妍㊺，压景骈肩㊻。席发银烛，炉生绛烟。洞府真人，会于群仙㊼。晶荧往来，金缸列钱㊽。凝睇相看，曾不晤言。未及行

㉗ 惨者：色泽惨淡的花。如别：如含别愁。㉘ 晴笼昼薰：晴日如熏笼把它烘灼。㉙ 裛：沾湿。㉚ 灼灼：鲜明的样子。腾秀：秀气升腾。㉛ 亭亭：耸立的样子。㉜ 飐(zhǎn)：颤动。㉝ 缒(zhuì)：用绳子把东西从高处吊送到低处。㉞ 烂然：犹烂漫。披：散乱。㉟ 拥砌：集扰于台阶旁。㊱ 胡可：何可。㊲ 天府：此指京城长安。㊳ 孙武：春秋时军事家。此处是以孙武教宫女战法比拟牡丹的多姿。㊴ 纤柯：纤细的枝茎。㊵ 窠：意谓丛，指牡丹丛生。㊶"西子南威"两句：用美女、神女来比喻牡丹。西子，春秋越国美女西施。南威，古代著名美人。洛神，洛水之女神洛嫔。湘娥，湘水女神。㊷ 朱颜已酡：比喻牡丹像醉美人脸上泛起的红色。㊸"角衒红缸"两句：是说红花绿叶都如争艳献媚的美女。角衒(xuàn)，争着炫耀。红缸(gāng)，红灯，指红灯光下。翠娥，女眉。此以翠娥比作绿叶。㊹ 灼灼：花盛而明艳。夭夭：枝叶细嫩、茂密。㊺ 弄彩：犹言弄姿。㊻ 压景：花朵重叠。景，同"影"。㊼"洞府"两句：意谓牡丹荟萃，就像群仙会于洞府。㊽ 金缸列钱：谓壁灯排列似钱。班固《西都赋》："金缸衔璧，是为列钱。"

雨，先惊旱莲㊾。

公室侯家，列之如麻。咳唾万金㊿，买此繁华。遑恤终日，一言相夸(51)。列幄庭中(52)，步障开霞(53)。曲庑重梁(54)，松篁交加(55)。如贮深闺，似隔窗纱。仿佛息妫(56)，依稀馆娃(57)。我来睹之，如乘仙槎(58)。脉脉不语，迟迟日斜。九衢游人(59)，骏马香车。有酒如渑(60)，万坐笙歌。一醉是竞，孰知其他。

我案花品(61)，此花第一。脱落群类，独占春日。其大盈尺，其香满室。叶如翠羽，拥抱比栉(62)。蕊如金屑，妆饰淑质。玫瑰羞死，芍药自失。夭桃敛迹，秾李惭出(63)。踯躅宵溃(64)，木兰潜逸。朱槿灰心，紫薇屈膝。皆让其先，敢怀愤嫉。

焕乎美乎，后土之产物也(65)，使其花之如此而伟乎！何前寂寞而不闻，今则昌然而大来。曷草木之命，亦有时而塞，亦有时而开。吾欲问汝，曷为而生哉？汝且不言，徒留玩以徘徊(66)。

㊾“未及行雨”两句：形容牡丹未着春天雨露已楚楚动人，使旱莲惊诧。旱莲，即旱地莲，长在平地上的荷花。㊿咳唾万金：视万金如咳唾。(51)“遑恤”两句：终日矜夸牡丹，无暇他顾。遑恤，无暇顾及。一言，众口一辞。(52)幄：帐幕。(53)步障：设立遮蔽风尘和视线的屏障。(54)曲庑：曲折的廊庑。重梁：多梁的屋子。(55)篁：竹。(56)息妫（guī）：即息夫人。楚文王灭息，纳息妫于宫中。(57)馆娃：指西施。吴王夫差替西施造宫于砚石山，名为馆娃宫。(58)仙槎（chá）：仙人乘的筏。(59)九衢：九达之衢，此指长安的大街。(60)渑（shéng）：水名，又称汉溱水，在山东临淄西北，今已湮。“有酒如渑”，见《左传·昭公十二年》。(61)花品：花的品第、等级。(62)比栉（zhì）：如梳篦齿之密集。(63)秾：花木茂盛。(64)踯躅（zhí zhú）：植物名，又名羊踯躅、闹羊花。(65)后土：指大地。(66)“徒留玩”句：意为只是吸引人们留恋徘徊于其间。

（朱幼文）

杜牧(803—852) 唐文学家。字牧之。京兆万年(今陕西西安)人。史学家杜佑孙。大和进士,官至中书舍人。曾注《孙子兵法》。善诗文,多针砭时弊之作,其文笔力峭健,诗清丽俊逸,七绝尤有远韵。诗与李商隐齐名,称“小李杜”。有《樊川文集》。

阿房宫赋[①]

【题解】

据作者《上知己文章启》,敬宗即位之初,便大修宫室,沉溺声色犬马,故作此文,以示劝诫之意。文章融叙事、抒情、议论于一炉,想象丰富,描写生动,气势恢宏,构思精妙,语言瑰丽,声韵铿锵。前面极写宫殿之大、歌舞之盛、宫人之美、珍宝之多,秦皇穷奢极欲之状,已不言而喻。如此奢华,定是敛怨之本,百姓无法承受,揭竿而起势在必然。“楚人一炬,化为焦土”,因为有了前面的备极形容,这八字也就能产生惊心动魄之效。后面议论风发,回环推进,昭示鉴戒,发人深省。不像《子虚》《上林》等赋,虽有讽谕之意,但由于藻绘过多,流宕忘返,反而助长了淫泆之风。

六王毕,四海一[②]。蜀山兀,阿房出[③]。覆压三百余里[④],隔离

---

① 选自《樊川文集》。阿房(ē páng)宫:遗址在今陕西西安西南。秦始皇在位时兴建,项羽入关后纵火焚毁。 ② 六王:战国七雄中除秦以外魏、韩、赵、楚、燕、齐六国之君。四海:指天下。 ③ 蜀山:泛指四川境内群山。兀(wù):高而平。指山上树木被砍伐光。 ④ 覆压:覆盖。三百余里:极言面积之大。

天日。骊山北构而西折[5]，直走咸阳[6]。二川溶溶[7]，流入宫墙。五步一楼，十步一阁。廊腰缦回[8]，檐牙高啄[9]。各抱地势[10]，勾心斗角[11]。盘盘焉[12]，囷囷焉[13]，蜂房水涡[14]，矗不知乎几千万落[15]。长桥卧波，未云何龙[16]？复道行空，不霁何虹[17]？高低冥迷[18]，不知西东。歌台暖响，春光融融[19]；舞殿冷袖，风雨凄凄[20]。一日之内，一宫之间，而气候不齐。

妃嫔媵嫱[21]，王子皇孙，辞楼下殿，辇来于秦[22]，朝歌夜弦，为秦宫人。明星荧荧，开妆镜也[23]；绿云扰扰，梳晓鬟也[24]；渭流涨腻，弃脂水也[25]；烟斜雾横，焚椒兰也[26]。雷霆乍惊，宫车过也，辘辘远听[27]，杳不

---

⑤ 骊山：山名，在今陕西临潼东南。北构：于骊山北面建造。西折：向西曲折延伸。⑥ 走：趋。咸阳：秦都，在今陕西咸阳东北。⑦ 二川：渭水、樊川，皆流经咸阳。⑧ 廊腰缦回：走廊曲折，像丝绸腰带萦绕。⑨ 檐牙高啄：屋檐的尖角像鸟嘴向空中啄食。⑩ 抱：持守，依凭。⑪ 勾心：指各种建筑物都向中心区攒聚，连成一个整体。斗角：指屋角向上互成对峙之状，好像螭龙斗角。⑫ 盘盘焉：重迭盘结状。⑬ 囷（qūn）囷焉：曲折回旋状。⑭ 蜂房水涡：房屋密集，像蜂房水涡一样。⑮ 矗（chù）：耸立。落：座所。⑯“长桥”两句：长桥横架渭水之上（其状似龙），没有云，哪来的龙？⑰“复道”两句：复道横空而过（其状如虹），不是雨后初晴，怎么会有虹？复道：楼阁上下通道，俗称天桥。⑱ 冥迷：言建筑物纷繁复杂，使人神昏目迷。⑲“歌台”两句：歌台上传出柔和的歌声，使人仿佛沉醉在温暖的春光之下。⑳“舞殿”两句：殿上舞袖飘飘生寒，仿佛身处凄凉的风雨之中。㉑ 妃嫔媵（yìng）嫱（qiáng）：指六国的妃嫔宫人。媵是随嫁的宫女，嫔和嫱都是宫中女官。㉒“辞楼”两句：辞别故国楼殿，被俘入秦。辇（niǎn）：帝后所坐的车。㉓“明星”两句：星光闪烁，原来是打开了梳妆的镜子。㉔“绿云”两句：绿云纷乱，原来是早起梳理发髻。绿云：形容女子发多而黑。㉕“渭流”两句：渭水漂起油腻，原来是倒掉的脂粉。㉖“烟斜”两句：烟雾弥漫，原来是点燃椒、兰香料。㉗ 辘辘：车声。

知其所之也。一肌一容，尽态极妍㉘，缦立远视，而望幸焉㉙。有不得见者，三十六年㉚。燕赵之收藏，韩魏之经营，齐楚之精英，几世几年，剽掠其人，倚叠如山。一旦不能有，输来其间。鼎铛玉石，金块珠砾㉛，弃掷逦迤㉜，秦人视之，亦不甚惜。

嗟乎！一人之心，千万人之心也。秦爱纷奢，人亦念其家。奈何取之尽锱铢㉝，用之如泥沙？使负栋之柱㉞，多于南亩之农夫；架梁之椽，多于机上之工女；钉头磷磷，多于在庾之粟粒㉟；瓦缝参差㊱，多于周身之帛缕；直栏横槛，多于九土之城郭㊲；管弦呕哑㊳，多于市人之言语。使天下之人，不敢言而敢怒。独夫之心㊴，日益骄固。戍卒叫㊵，函谷举㊶，楚人一炬㊷，可怜焦土。

灭六国者，六国也，非秦也。族秦者㊸，秦也，非天下也。嗟乎！使六国各爱其人，则足以拒秦。使秦复爱六国之人，则递三世可至万世而为君㊹，谁得而族灭也？秦人不暇自哀，而后人哀之；后人哀之而不鉴之㊺，亦使后人而复哀后人也。

㉘“一肌”两句：用尽心思打扮，肌肤容貌极为娇美。㉙缦立：延伫久立。幸：皇帝来到。㉚三十六年：指秦始皇在位之年（前246—前210）。这里是说终秦始皇之世，未能见到一面。㉛“鼎铛（chēng）”两句：把宝鼎当作铁锅，把美玉当作石头，把黄金当作土块，把珍珠当作碎石。㉜逦迤（lǐ yǐ）：亦作“迤逦”，连绵不断。㉝锱（zī）铢：古代重量单位。六铢为一锱，四锱为一两，此极言微小。㉞负栋之柱：支撑大梁的柱子。㉟庾（yǔ）：露天的粮仓。㊱瓦缝参差：瓦缝层层排列。㊲九土：九州。㊳呕哑：嘈杂。㊴独夫：众叛亲离的暴君。㊵戍卒叫：秦二世元年（前209），陈胜、吴广等被征发戍守渔阳，行至大泽乡（今安徽宿县东南），发动起义。㊶函谷举：函谷关（今河南灵宝东北）被攻下。秦二世四年（前206），刘邦入关灭秦。㊷楚人：指项羽。项羽为战国时楚将项燕后裔。㊸族：灭族。㊹递：传。㊺鉴之：以之为鉴。鉴：镜子。

（蒋维崧）

李商隐(约 813—858)　唐文学家。字义山,号玉溪生,怀州河内(今河南沁阳)人。开成进士,官至川东节度使判官、检校工部郎中。因受牛李党争影响,长期受挤,终身潦倒。工诗能文,擅长律、绝,与温庭筠齐名。有《李义山诗集》,后人辑有《樊南文集》《樊南文集补编》。

李贺小传[①]

【题解】

这篇传记独具一格。作者以"奇"入手,贯彻始终。不详写李贺的生平,只选取一两件轶事,从侧面烘托这位天才作家的勤学苦练与创作才能,勾勒出他的风貌、个性,以其貌奇,才奇,吟诗之奇,死时更近乎神奇的情景,突出表现李贺文才奇特,与众独异的形象。如此英才,作者不愿并不相信其死,希望是应天帝召唤而去了天堂,此念虽属虚幻,却更深沉地表达了作者痛惜李贺英年早逝、感慨文才难容于世的心情。此文与杜牧《李长吉集序》堪称双璧。

京兆杜牧为李长吉集序[②],状长吉之奇甚尽[③],世传之。长吉姊嫁王氏者,语长吉之事尤备[④]。

长吉细瘦,通眉[⑤],长指爪,能苦吟疾书。最先为昌黎韩愈所

---

① 选自《樊南文集》。李贺(790—816):字长吉,唐诗人。陇西成纪(今甘肃天水)人,后移居福昌(今河南宜阳)。因避父讳,不得应进士考,一生抑郁不得志。 ② 京兆:今陕西西安一带。杜牧:唐文学家,字牧之。京兆人。 ③ 状:陈述,描写。 ④ 尤备:更加详尽。 ⑤ 通眉:

知[6]。所与游者[7]:王参元、杨敬之、权璩、崔植为密[8]。每旦日出与诸公游[9],未尝得题然后为诗[10],如他人思量牵合[11],以及程限为意[12]。恒从小奚奴[13],骑距驉[14],背一古破锦囊,遇有所得,即书投囊中。及暮归,太夫人使婢受囊出之,见所书多,辄曰:"是儿要当呕出心始已耳!"上灯与食,长吉从婢取书,研墨叠纸足成之[15],投他囊中。非大醉及吊丧日,率如此[16]。过亦不复省。王、杨辈时复来探取写去。长吉往往独骑往还京、洛[17],所至或时有著,随弃之[18],故沈子明家所余[19],四卷而已。

长吉将死时,忽昼见一绯衣人[20],驾赤虬[21],持一版,书若太古篆或霹雳石文者[22],云当召长吉。长吉了不能读[23],欻下榻叩头[24],言:"阿𡠟老且病[25],贺不愿去。"绯衣人笑曰:"帝成白玉楼,立召君为记[26],天上差乐[27],不苦也。"长吉独泣,边人尽见之[28]。少之,长吉气绝。尝所居窗中,勃勃有烟气[29],闻行车嘒管之声[30]。太夫人急止

两眉相距很近,似相连。⑥ 韩愈:唐文学家,世称韩昌黎。⑦ 所与游者:与他往来交游的人。⑧ 王参元:进士,有才学。杨敬之:字茂孝,其文曾受到韩愈的称赞。权璩:字大圭,做过中书舍人等官。崔植:字公修,博学,曾任宰相。⑨ 旦日:白天。⑩"未尝"句:从没有先得题目然后做诗。⑪ 思量牵合:想出些句子去凑合题意。⑫ 程限为意:把体裁、韵脚等限制放在心上。⑬ 小奚奴:小书童。⑭ 距驉(xū):驴。⑮ 足成之:写成完整的作品。⑯ 率:大致都是。⑰ 京、洛:京城长安和洛阳之间。⑱ 随弃之:随手抛弃它。⑲ 沈子明:李贺的好友,做过集贤院学士。现存的《李长吉歌诗》四卷,就是沈子明保存的。⑳ 绯(fēi):红色。㉑ 赤虬(qiú):赤龙。㉒ 太古篆:远古的篆文。霹雳石文:雷击后石上留下的纹痕。㉓ 了不能读:完全不认识。㉔ 欻(xū):忽然。㉕ 阿𡠟(mí):母亲。㉖"帝成"两句:天帝造好一座白玉楼,立刻召唤你去写一篇记。㉗ 差:比较地,稍微地。㉘ 边人:旁边的人。㉙ 勃勃:旺盛貌。㉚ 嘒(huī)管:吹奏乐器。

人哭，待之，如炊五斗黍许时[31]，长吉竟死。王氏姊非能造作谓长吉者[32]，实所见如此。

呜呼！天苍苍而高也，上果有帝耶？果有苑囿宫屋观阁之玩耶[33]？苟信然，则天之高邈[34]，帝之尊严，亦宜有人物文彩愈此世者，何独眷眷于长吉而使其不寿耶[35]？噫，又岂世所谓才而奇者，不独地上少耶？天上亦不多耶？长吉生二十四年[36]，位不过奉礼太常[37]，当世人亦多排摈毁斥之[38]，又岂才而奇者？帝独重之，而人反不重耶？又岂人见会胜帝耶[39]？

㉛"如炊"句：约有烧熟五斗小米的时间。㉜造作：捏造，编造。㉝苑囿(yòu)：养禽兽、种树木的园林。㉞高邈(miǎo)：高远。㉟眷眷：喧嚣的样子。㊱生：生存。㊲奉礼太常：奉礼郎属太常寺，九品小官。㊳排摈毁斥：排挤诋毁。㊴岂人见会胜帝耶：难道世人的见识会超过天帝吗？

（朱幼文）

祭小侄女寄寄文[1]

【题解】

本文作于唐武宗会昌四年(844)。李商隐的侄女寄寄从小寄养在外，四岁才领回

---

① 选自《樊南文集》。

家，回来后只有几个月就死了。当时作者尚无儿女，看到侄辈数人游戏的情景，抚存念往，更增添对寄寄的怀想。这篇祭文，形式上沿用古代流行的骈俪韵文，不如韩愈《祭十二郎文》活泼，但同样写得起伏变化，形象生动，特别是写到对寄寄的叮咛关照，仿佛侄女正坐在他面前，感情非常真挚。文章最末以询问结束，愈显言有穷而情不可终，抒情气味十分浓厚。

正月二十五日，伯伯以果子弄物②，招送寄寄体魄③，归大茔之旁④。

哀哉！尔生四年，方复本族⑤。既复数月，奄然归无⑥。于鞠育而未申⑦，结悲伤而何极！来也何故，去也何缘？念当稚戏之辰，孰测死生之位？时吾赴调京下⑧，移家关中⑨。事故纷纶，光阴迁贸⑩。寄瘗尔骨⑪，五年于兹⑫。白草枯荄⑬，荒涂古陌。朝饥谁饱，夜渴谁怜？尔之栖栖，吾有罪矣！

今吾仲姊⑭，反葬有期。遂迁尔灵，来复先域⑮。平原卜穴⑯，刊石书铭⑰。明知过礼之文⑱，何忍深情所属⑲！

---

② 弄物：玩物。 ③ 体魄：遗体和魂魄。 ④ 大茔(yíng)：祖坟。 ⑤ 方复：才回到。本族：父族。 ⑥ 奄然：忽然。归无：归于无有，指死亡。 ⑦ 鞠育：抚养保育。未申：未成，未实现。 ⑧ 赴调：去听候调职。京下：指京都长安。 ⑨ 关中：函谷关以西的地区，这里指弘农(治所在今河南灵宝)。 ⑩ 迁贸(mào)：移动变化。 ⑪ 寄瘗(yì)：寄葬，临时埋葬。 ⑫ 于兹：到现在。 ⑬ 白草：枯草。枯荄(gāi)：枯萎的草根。 ⑭ 仲姊：二姐，指裴氏姊。她死后寄殡于获嘉，这次也返葬祖坟。 ⑮ 先域：祖先的坟地。寄寄原瘗于济邑(今山东济源)。 ⑯ 卜穴：占卜埋棺的地点。 ⑰ 刊石：刻石。书铭：写墓志铭。 ⑱ 过礼：超过礼制的规定。按礼制，幼女不应刊石书铭。 ⑲ 属(zhǔ)：连缀，系。

自尔殁后，侄辈数人。竹马玉环，绣襜文褓[20]。堂前堦下，日里风中，弄药争花，纷吾左右。独尔精诚[21]，不知所之[22]。况吾别娶已来[23]，胤绪未立[24]。犹子之义[25]，倍切他人。念往抚存，五情空热[26]。

呜呼！荥水之上[27]，坛山之侧[28]。汝乃曾乃祖[29]，松槚森行[30]。伯姑仲姑[31]，冢坟相接。汝来往于此，勿怖勿惊。华彩衣裳，甘香饮食。汝来受此，无少无多[32]。汝伯祭汝，汝父哭汝，哀哀寄寄，汝知之耶！

---

⑳ 绣襜(zhān)：绣花的短袄。文褓(bǎo)：有花纹的褓衣。㉑ 精诚：魂灵。㉒ 所之：所往。㉓ 别娶：续娶。开成三年(838)，李商隐与泾原节度使王茂元之女结婚。㉔ 胤绪：子孙，继嗣。㉕ 犹子：侄子。《礼记·檀弓》上："兄弟之子犹子也。"后世因此称侄为犹子。㉖ 五情：五内，五脏。㉗ 荥水：古水名，旧址在今河南郑州西北，与济水相通。㉘ 坛山：古山名。在今河南郑州北。㉙ "汝乃曾"句：意为你与你的曾祖和祖父在一起。乃，语词。㉚ 松槚(jià)：松树和槚树，都是坟墓上常种的树。㉛ 伯姑：大姑母，不详。仲姑：二姑母，即裴氏姑。㉜ 无少无多：不论多少。

（朱幼文）

上河东公启[①]

【题解】

李商隐写过不少爱情诗。因此人们误以为他爱好风流。柳仲郢顾念他中年丧妻，出于对下属的关怀，赠以官妓，但这却使李商隐感到委屈。于是，写了这封信婉拒，表白自己无意于风流的心迹。

文章笔调委婉，先以妻子亡故、儿女幼弱的家境，强调悼念亡妻、顾怜儿女的心情和尽心职守、托志玄门的愿望。接着又分析了张懿仙的情况，以示此举亦非张氏所愿。全文用典精切，驱遣自如，转接自然，笔调流畅，颇为引人注目。

商隐启：两日前于张评事处[②]，伏睹手笔[③]，兼评事传指意[④]，于乐籍中赐一人[⑤]，以备纫补[⑥]。

某悼伤已来[⑦]，光阴未几[⑧]。梧桐半死[⑨]，方有述哀[⑩]；灵光独存[⑪]，且兼多病。眷言息胤[⑫]，不暇提携[⑬]。或小于叔夜之男[⑭]，或幼

---

① 选自《樊南文集》。河东公，指河南尹柳仲郢。柳本京兆(今陕西西安)人，因其郡望在河东(今山西永济)，因称河东公。启：本专指下属写给上司的信札，后也可泛指一般信函。② 评事：官名，主管刑狱。③ 伏睹：敬辞，即拜读。伏：匍匐。手笔：手迹。④ 指意：旨意。⑤ 乐籍：官府中妓女的名册，这里指官妓。⑥ 以备纫补：意即给我作妾。⑦ 悼伤：哀悼死者，特指妻亡。已：通“以。”⑧ 光阴未几：作者写此信时，妻子王氏刚去世不久。⑨ 梧桐半死：借西汉枚乘《七发》中的话语，比喻自己丧妻，如同梧桐之根半死半生。⑩ 述哀：指悼念亡妻的篇什。⑪ 灵光：鲁灵光殿。汉王延寿《鲁灵光殿赋》：“自西京未央、建章之殿皆见隳坏，而灵光巍然独存。”此处意为妻丧而自己独存。⑫ 眷言息胤(yìn)：顾恋子女。言，语助词，无义。息胤，子息，子女。⑬ 不暇提携：来不及抚养教育。⑭“或小于”句：意思是自

于伯喈之女⑮。检庾信荀娘之启，常有心酸⑯；咏陶潜通子之诗，每嗟漂泊⑰。

所赖因依德宇⑱，驰骤府庭⑲，方思效命旌旄⑳，不敢载怀乡土㉑。锦茵象榻㉒，石馆金台㉓，入则陪奉光尘㉔，出则揣摩铅钝㉕。兼之早岁㉖，志在玄门㉗；又到此都㉘，更敦夙契㉙。自安衰薄㉚，微得端倪㉛。至于南国妖姬，丛台妙妓㉜，虽有涉于篇什，实不接于风流㉝。

况张懿仙本自无双㉞，曾来独立㉟。既从上将，又托英僚㊱。汲

己的儿子还未满八岁。叔夜，晋嵇康的字，他在《与山巨源绝交书》中曾说："女年十三，男年八岁，未及成人"。⑮"或幼于"句：意谓女儿还不到六岁。伯喈，汉蔡邕的字，蔡邕女儿蔡文姬，幼年聪慧，六岁时，就深谙琴瑟，能听声辨弦。⑯"检庾信"两句：意谓阅读庾信感谢赵王送丝布给儿子的信，就会想到自己的儿子无人看顾，因而辛酸悲伤。检，翻检，阅览。庾信有《谢赵王赉息荀娘丝布启》。荀娘，庾信儿子庾立的字。⑰"咏陶潜"两句：意谓每读陶潜的《责子》诗，便想到自己长年漂泊在外，不能早晚教诲儿子，因此常常叹息。陶潜《责子》诗："通子年九龄，但觅梨与栗。"⑱ 因依德宇：意谓依凭柳仲郢的庇护。德宇，德泽器量。⑲ 驰骤府庭：意谓在柳处供职。⑳"方思"句：正想竭尽心力为柳办事。旌旄(máo)，旗帜之通称，此处意同"麾下"。㉑ 载怀乡土：怀有思念家乡之心。载，语助词，无义。㉒ 锦茵象榻：锦织的褥子，象牙做的床。㉓ 石馆金台：玉石砌的房舍，黄金筑的台。㉔"入则"句：入府衙则在柳仲郢左右侍奉。光尘，语出《老子》第四章："和其光，同其尘。"㉕"出则"句：出府衙则思虑竭力报效。揣摩，此处意为反复思索。铅钝，铅刀虽钝，磨砺后也可断物，比喻自己虽然愚驽，犹能效力。㉖ 兼之：加上，再说。㉗ 志在玄门：志在学道。道家又称玄门。㉘ 此都：指梓州(今四川三台)。㉙ 更敦夙契：更加坚定了以前的想法。夙契，也称夙素，平素的志愿。㉚ 自安衰薄：自己安心于不幸的命运。㉛ 微得端倪：指对道家思想稍有领悟。㉜ 丛(cóng)台：战国时赵王所建，赵国多美女，因称"丛台妙妓"。㉝"虽有涉"两句：意谓虽然在诗里写到过妓女，实际上与妓女并无往来。㉞ 张懿(yì)仙：柳仲郢准备赠送的妓女的姓名。㉟ 曾来：向来，从来。独立：汉李延年歌："北方有佳人，绝世而独立。"㊱"既从"两句：意谓张懿仙与一些文臣武将都有私情。

县勒铭，方依崔琼㊲；汉庭曳履，犹忆郑崇㊳。宁复河里飞星㊴，云间堕月㊵，窥西家之宋玉㊶，恨东舍之王昌㊷？诚出恩私，非所宜称。伏惟克从至愿，赐寝前言㊸，使国人尽保展禽㊹，酒肆不疑阮籍㊺。则恩优之理，何以加焉㊻？

干冒尊严㊼，伏用惶灼㊽。谨启。

㊲“汲县勒铭”两句：东汉崔琼任汲县令时，颇有政绩，后来他升官离任时，当地百姓作坛立碑来纪念他。作者借以喻指张氏怀念旧日情人。㊳“汉庭曳履”两句：西汉哀帝时，尚书仆射郑崇常规谏皇上的过失，每次见哀帝时，郑崇都“曳革履”，哀帝曾笑着说：“我识郑尚书履声。”作者借以喻指张氏钟情旧情人。㊴ 河里飞星：指织女渡天河去会牛郎的故事。㊵ 云间堕月：化用南朝宋诗人谢灵运《东阳溪中赠答诗》，形容女子钟情意中人，如月坠中天。㊶ 窥西家之宋玉：宋玉在《登徒子好色赋》中说，东邻美女，曾登墙偷看他以示爱慕，但他始终不动心。作者这里反用其意，说张氏既有所爱，就不会再眷恋别人。㊷ 恨东舍之王昌：王昌之事当是一个流传于当时的爱情故事，唐诗中时或提及王昌之名，其事已不可考知。㊸ 赐寝前言：请柳开恩，收回成命。㊹ 展禽：即柳下惠。春秋时鲁国大夫，姓展名获，字禽。道德高尚，曾用身体为邻家女子取暖，但无人怀疑他与邻女有暧昧关系。㊺ 酒肆不疑阮籍：魏晋名士阮籍嗜酒，常到邻近的酒家去，醉了就睡在酒店女主人的身边。女主人长得很美，她丈夫怀疑阮籍不安好心，后来知道他并无歹意，才尽去疑虑。㊻“则恩优”两句：那么您对我的恩惠、优待就无以复加了。㊼ 干（gān）：冒犯。㊽ 用：以，因。惶灼：惶恐焦灼。下属写信札给上司时所用的套语，常置于文末。

（周圣伟）

孙樵(生卒年不详)　唐散文家。字可之,一作隐之。自称关东人。大中进士。官中书舍人。黄巢军入长安,僖宗逃奔岐陇,他随往,迁职方郎中。擅长古文,文风谨严。著作有《孙樵集》。

书何易于[①]

【题解】

本文是一篇传记体散文。通过对何易于拉纤、焚诏等几个典型事例的描写,一个正直、廉洁、爱民的县令形象跃然纸上。但由于他不会如狼似虎般催督赋役,不会奴颜婢膝地媚上行贿,因此得不到赏识,终身县令而已。由此可见朝廷的求才、举贤、考吏之制都是一纸空文。不过,公道自在人心,不仅当地百姓怀念何易于,史家也不会疏漏这位杰出的小人物。后来,欧阳修等修《唐书》,即根据本文为何易于立传,使之流芳千古。

何易于尝为益昌令[②],县距刺史治所四十里[③],城嘉陵江南[④]。刺史崔朴尝乘春自上游,多从宾客歌酒,泛舟东下,直出益昌旁[⑤]。至则索民挽舟[⑥],易于即腰笏引舟上下[⑦]。刺史惊问状,易于曰:"方春,百姓不耕即蚕,隙不可夺[⑧]。易于为属令,当其无事,可以充

---

① 选自《孙樵集》。 ② 益昌:治所在今四川广元西南。 ③"县距"句:唐时益昌属利州(治所在今四川广元)管辖。刺史治所即指利州。 ④ 嘉陵江:源出陕西嘉陵谷,至四川巴县入长江。 ⑤ 直出:直接经过。 ⑥ 挽舟:拉纤。 ⑦ 腰笏(hù):把朝板插在腰带里。引舟上下:拉着船跑上跑下。 ⑧ 隙:农忙间隙。

役。”刺史与宾客跳出舟，偕骑还去。

益昌民多即山树茶[⑨]，利私自入。会盐铁官奏重榷管[⑩]，诏下所在不得为百姓匿。易于视诏曰：“益昌不征茶[⑪]，百姓尚不可活，矧厚其赋以毒民乎[⑫]！”命吏刬去[⑬]。吏争曰：“天子诏，所在不得为百姓匿，今刬去，罪愈重。吏止死，明府公免窜海裔耶[⑭]？”易于曰：“吾宁爱一身以毒一邑民乎？亦不使罪蔓尔曹[⑮]。”即自纵火焚之。观察使闻其状[⑯]，以易于挺身为民，卒不加劾。邑民死丧，子弱业破，不能具葬者，易于辄出俸钱，使吏为办。百姓入常赋[⑰]，有垂白偻杖者[⑱]，易于必召坐食，问政得失。庭有竞民[⑲]，易于皆亲自与语，为指白枉直[⑳]。罪小者劝，大者杖。悉立遣之，不以付吏。治益昌三年，狱无系民[㉑]，民不知役。改绵州罗江令[㉒]，其治视益昌[㉓]。是时故相国裴公刺史绵州[㉔]，独能嘉易于治。尝从观其政，导从不过三人，其察易于廉约如此。

会昌五年[㉕]，樵道出益昌。民有能言何易于治状者，且曰：“天

⑨ 即山树茶：就着近旁的山坡种植茶树。 ⑩ 会：恰逢。盐铁官：自西汉武帝始，历朝政府皆设官管理煮盐、冶铁事，以专其利。重：加强。榷(què)管：对某些物质实行专卖管理。 ⑪ 征茶：征收茶税。 ⑫ 矧(shěn)：况且。 ⑬ 刬(chǎn)：同“铲”，去掉。此指毁掉征收茶税的诏书。 ⑭ 明府：唐时对县令的尊称。窜：流放。海裔：海边，即边远之地。 ⑮ 蔓：连累。尔曹：尔辈，你们。 ⑯ 观察使：掌考察州县官吏政绩的官。 ⑰ 入常赋：缴纳固定的赋税。 ⑱ 垂白偻(lóu)杖：须发皆白，屈背持杖，即年老者。 ⑲ 竞民：争讼的百姓。 ⑳ 指白枉直：指明曲直。 ㉑ 系民：被监禁的百姓。 ㉒ 绵州：治所在今四川绵阳东北。罗江：县名，治所在今四川德阳东北，当时属绵州管辖。 ㉓ 视：比，相当于。 ㉔ 故相国裴公：指裴度，宪宗时任宰相。 ㉕ 会昌：唐武宗年号。

子设上下考以勉吏㉖，而易于考止中上，何哉?”樵曰：“易于督赋如何㉗?”曰：“上请贷期㉘，不欲紧绳百姓，使贱出粟帛㉙。”“督役如何㉚?”曰：“度支费不足㉛，遂出俸钱，冀优贫民㉜。”馈给往来权势如何?”曰：“传符外一无所与㉝。”“擒盗如何?”曰：“无盗。”樵曰：“予居长安，岁闻给事中校考㉞，则曰：‘某人为某县，得上下考，由考得某官。’问其政，则曰：‘某人能督赋，先期而毕；某人能督役，省度支费；某人当道㉟，能得往来达官为好言；某人能擒若干盗，反若干盗。’县令得上下考者如此。”邑民不对㊱，笑去。

樵以为当世在上位者，皆知求才为切，至如缓急补吏㊲，则曰：“吾患无以共治㊳。”膺命举贤㊴，则曰：“吾患无以塞诏㊵。”及其有之，知者何人哉？继而言之，使何易于不有得于生，必有得于死者，有史官在㊶！

㉖ 上下考：唐代吏部考核官吏政绩，分上上、上中、上下、中上、中中、中下、下上、下中、下下九等。㉗ 督赋：催纳赋税。㉘ 上请贷期：向上请求放宽时限。㉙ 贱出粟帛：贱价卖粮食、布帛(以完税)。㉚ 督役：催服劳役。㉛ 度支费：财政经费。㉜ 冀：希望。优：优惠。㉝ 传符：古代官员外出所用的凭证，凭此由各地提供食宿、车马。㉞ 校考：主持考核官吏。㉟ 当道：所在之处正当交通要道。㊱ 不对：不答。㊲ 缓急：偏义复词，即急需。㊳ 患：担心。㊴ 膺命：受命。㊵ 无以塞诏：无人才可以应付诏命。㊶ 有史官在：意为何易于生时不得志，但有史官，必能将其事载入史册，流传千古。

（蒋维崧）

书褒城驿壁[1]

【题解】

千古兴亡可以从理论上作宏观总结，但通过对细微小事的深入解剖也能窥见总趋势的折射之光。褒城驿站从昔日的雄大，到今天残芜不堪入目，正与天宝以来国势由强转弱的进程吻合。来往的大小官吏，以驿站为暂寄之所，肆意糟蹋；刺史县令更换频繁，视官衙为驿站，不思兴革，唯事搜刮，这正是晚唐官场的缩影。对此，作者不禁发出了无可奈何的感慨。

褒城驿号天下第一。及得寓目，视其沼，则浅混而污；视其舟，则离败而胶[2]；庭除甚芜[3]，堂庑甚残[4]，乌睹其所谓宏丽者？

讯于驿吏，则曰："忠穆公尝牧梁州[5]，以褒城控二节度治所[6]，龙节虎旗[7]，驰驿奔轺[8]，以去以来，毂交蹄劘[9]，由是崇侈其驿，以示雄大。盖当时视他驿为壮。且一岁宾至者不下数百辈，苟夕得其庇[10]，饥得其饱，皆暮至朝去，宁有顾惜心耶？至如棹舟[11]，则必折篙

---

① 选自《孙樵集》。褒城：县名，治所在今陕西勉县东。② 离败而胶：破裂而且搁浅。③ 除：台阶。④ 庑：堂下周围的走廊、廊屋。⑤ 忠穆公：严震，字遐闻。德宗时，任梁州刺史、山南西道节度使，卒谥忠穆。梁州：治所在今陕西汉中市。⑥ 控二节度治所：一指山南西道节度使治所兴元府（今陕西汉中），一指凤翔节度使治所凤翔府（今陕西凤翔）。褒城北为褒斜谷，长四百多里，形势险要，是由陕入川的交通要道，控制两节度使驻地的往来要道。⑦ 龙节虎旗：唐制，节度使出镇，赐双旌（旗）双节（符节），上画龙虎图案。⑧ 驿：驿马。轺（yáo）：轻便马车。⑨ 毂交蹄劘（mó）：车轮交错，马蹄磨擦。⑩ 苟：但求。庇：遮盖。⑪ 棹（zhào）：摇船用具。

破舷碎鹢而后止[12]；鱼钓，则必枯泉汩泥尽鱼而后止[13]。至有饲马于轩，宿隼于堂[14]，凡所以污败室庐，糜毁器用。官小者，其下虽气猛，可制；官大者，其下益暴横，难禁。由是日益破碎，不与曩类[15]。某曹八九辈[16]，虽以供馈之隙，一二力治之[17]，其能补数十百人残暴乎？"

语未既，有老甿笑于旁[18]，且曰："举今州县皆驿也。吾闻开元中[19]，天下富蓄，号为理平[20]，踵千里者不裹粮[21]，长子孙者不知兵[22]。今者天下无金革之声[23]，而户口日益破；疆埸无侵削之虞[24]，而垦田日益寡，生民日益困，财力日益竭。其故何哉？凡与天子共治天下者，刺史县令而已，以其耳目接于民，而政令速于行也。今朝廷命官，既已轻任刺史县令[25]，而又促数于更易[26]。且刺史县令，远者三岁一更，近者一二岁再更，故州县之政，苟有不利于民，可以出意革去其甚者，在刺史曰：'明日我即去，何用如此！'在县令亦曰：'明日我即去，何用如此！'当愁醉醲[27]，当饥饱鲜[28]，囊帛椟金[29]，笑与秩终[30]。"

呜呼！州县真驿耶？矧更代之隙[31]，黠吏因缘恣为奸欺[32]，以卖

---

⑫ 鹢(yì)：水鸟。古时常画鹢鸟于船头，此指船头。⑬ 汩：乱，混。⑭ 隼(sǔn)：猎鹰。⑮ 曩(nǎng)：以往。⑯ 某曹：吾辈，指驿站职事人员。⑰ 一二：极言其少，此指一小部分。⑱ 甿(méng)：农民。⑲ 开元：唐玄宗年号。⑳ 理平：治平。㉑ 踵(zhǒng)：脚后跟，此为出门行走之意。㉒ 长(zhǎng)子孙者：养育子孙的人，指老者。㉓ 金革：锣与鼓，指战争。㉔ 疆埸(yì)：边境，国界。虞：忧患。㉕ 轻任：轻易任命。㉖ 促数(shuò)：频繁。㉗ 当愁醉醲(nóng)：在愁闷时，便畅饮美酒。㉘ 饱鲜：饱吃鲜美的鱼肉。㉙ 囊帛椟金：袋中装绸帛，柜中装金银，指敛财。㉚ 笑与秩终：喜笑颜开地做到任期终了。㉛ 更代之隙：新旧官员交替之时。㉜ 因缘：借机。

州县者乎[33]！如此而欲望生民不困，财力不竭，户口不破，垦田不寡，难哉！予既揖退老甿，条其言[34]，书于褒城驿屋壁。

㉝ 卖：欺骗，蒙蔽。㉞ 条：整理。

（蒋维崧）

皮日休(约834—883)　唐文学家。字逸少,改字袭美,自号鹿门子。复州竟陵(今湖北天门)人,隐居襄阳鹿门山(今湖北襄樊东南)。咸通进士。曾为太常博士。后入黄巢军,任翰林学士。黄巢兵败后,被杀。其文多小品,喜讥切时政;诗受白居易"新乐府"影响。诗文与陆龟蒙齐名,人称"皮陆"。有《皮子文薮》。

原　谤[①]

【题解】

本文为皮日休《十原系述》之七。原谤,即推论毁谤的原因。文章从怨天说起,直至谤君。前者是宾,是陪衬;后者才是主,是中心。作者否认皇帝头上有凛然不可侵犯的神圣光圈,认为对无道之君不仅可谤,更可扼,可捽,可逐,可族,比起孟子"诛一夫纣矣,未闻弑君也"的论点更为大胆,自是千古痛快淋漓文字。

天之利下民,其仁至矣。未有美于味而民不知者,便于用而民不由者[②],厚于生而民不求者[③]。然而暑雨亦怨之,祁寒亦怨之[④],己不善而祸及亦怨之,己不俭而贫及亦怨之。是民事天,其不仁至矣。天尚如此,况于君乎?况于鬼神乎?是其怨訾恨讟蓰倍于天矣[⑤]。有帝天下,君一国者,可不慎欤?故尧有不慈之毁[⑥],舜有不

① 选自《皮子文薮》。② 由:用。③ 厚于生:使生活充裕的东西。④ 祁寒:严寒。⑤ 訾(zǐ):诋毁。讟(dú):痛怨。蓰(xǐ):五倍。⑥"尧有"句:尧知道儿子丹朱不肖,不把天下传给他,而传给舜,有人说尧对儿子不慈爱。

孝之谤[7]。殊不知尧慈被天下，而不在于子；舜孝及万世，乃不在于父。呜呼！尧舜大圣也，民且谤之。后之王天下，有不为尧舜之行者，则民扼其吭[8]，捽其首[9]，辱而逐之，折而族之[10]，不为甚矣！

---

⑦“舜有”句：舜父瞽叟爱后妻所生的儿子象，常想杀舜，有人认为舜不能博取父亲欢心，便是不孝。⑧ 吭(háng)：喉咙。⑨ 捽(zuó)：揪。⑩ 族之：灭族。

（蒋维崧）

陆龟蒙(？—约881) 唐文学家。字鲁望，自称江湖散人、天随子，人称甫里先生。姑苏(今江苏苏州)人。举进士不第。曾为湖、苏二州从事，后隐居松江甫里，经营茶园。善诗文，与皮日休齐名。所作小品文，颇多愤世嫉俗之语。有《甫里集》。

野　庙　碑①

【题解】

本文自碑说起，引出悲字，又以悲字作结。其中写野庙中泥塑木雕偶像徒享百姓祭品，令人生慨。但神权作为天国在人间的投影，缘起不在今日，作者鞭挞的锋芒自不在此。比起当朝峨冠博带的官吏，堂而皇之地敲榨百姓，无名土木的酒牲之享实在不足挂齿。况且国家一旦有难，此辈乞为俘虏犹恐不及，故称其为衣冠言语的土木偶像诚不为过。文章别开生面，嬉笑怒骂，尽情揶揄鞭挞了那些昏官污吏。

碑者，悲也②。古者悬而窆，用木，后人书之以表其功德，因留之不忍去，碑之名由是而得③。自秦汉以降，生而有功德政事者，亦碑之，而又易之以石，失其称矣④。余之碑野庙也，非有政事功德可

---

① 选自《甫里集》。 ② 碑者，悲也：碑是用来寄托人们悲哀的。 ③“古者悬而窆”五句：古时候悬吊棺木放进墓穴安葬时装辘轳系绳子用的木桩，死者的子孙在上面写上死者的事迹，用来表彰他生前的功德，因而把木桩保留下来不忍丢掉(以作悲伤的纪念)，碑的名称就是由此得来的。窆(biǎn)：落葬。 ④ 失其称：失去它原来称碑(悲)的含义。

纪，直悲夫甿竭其力[5]，以奉无名之土木而已矣！

瓯越间好事鬼[6]，山椒水滨多淫祀[7]。其庙貌有雄而毅，黝而硕者[8]，则曰将军；有温而愿，晳而少者[9]，则曰某郎；有媪而尊严者，则曰姥；有妇而容艳者，则曰姑。其居处则敞之以庭堂，峻之以陛级[10]。左右老木，攒植森拱[11]；萝茑翳于上[12]，鸱鸮室其间[13]。车马徒隶，丛杂怪状。甿作之，甿怖之[14]，走畏恐后[15]。大者椎牛，次者击豕，小不下鸡犬[16]；鱼菽之荐，牲酒之奠，缺于家可也，缺于神不可也。一日懈怠，祸亦随作，耄孺畜牧栗栗然[17]。疾病死丧，甿不曰适丁其时耶[18]！而自惑其生，悉归之于神。

虽然，若以古言之，则戾[19]；以今言之，则庶乎神之不足过也[20]。何者？岂不以生能御大灾，捍大患，其死也则血食于生人[21]。无名之土木，不当与御灾捍患者为比，是戾于古也明矣。今之雄毅而硕者有之，温愿而少者有之，升阶级，坐堂筵，耳弦匏[22]，口粱肉，载车马，拥徒隶者，皆是也。解民之悬[23]，清民之暍[24]，未尝贮于胸中。民

---

⑤ 直：只是。甿(méng)：农民。 ⑥ 瓯(ōu)越：东瓯越。古代百越族之一支，分布于今浙江瓯江流域。 ⑦ 山椒：山顶。淫祀：不合礼制的祭祀。 ⑧ 庙貌：庙中神像。 ⑨ 愿：老实。 ⑩ 峻：高。陛级：台阶。 ⑪ 攒(cuán)植：种得很密。森拱：高大合围。 ⑫ 萝茑(niǎo)：蔓生植物。翳(yì)：遮蔽。 ⑬ 室：筑巢。 ⑭ 甿作之，甿怖之：农民造了这些偶像，又害怕这些偶像。 ⑮ 走畏恐后：前往供奉它唯恐落在后面。 ⑯ 不下：不低于。 ⑰ 耄(mào)：老人。孺：孩子。畜牧：放养牲畜的人。栗：同"慄"，恐惧。 ⑱ 适丁：碰巧遇上。 ⑲ 戾(lì)：乖张，荒谬。 ⑳ 庶乎：差不多。过：责备。 ㉑ 血食：杀牲口祭供。 ㉒ 耳弦匏(páo)：耳听音乐。匏：笙、竽类管乐器。 ㉓ 悬：倒悬，比喻处境的痛苦和危急，像人被倒挂着一样。 ㉔ 暍(yē)：中暑，在此用以比喻百姓生活在水深火热之中。

之当奉者，一日懈怠，则发悍吏，肆淫刑，驱之以就事，较神之祸福，孰为轻重哉？平居无事，指为贤良，一旦有大夫之忧[25]，当报国之日，则佪挠脆怯[26]，颠踬窜踣[27]，乞为囚虏之不暇。此乃缨弁言语之土木耳[28]，又何责其真土木耶！故曰：以今言之，则庶乎神之不足过也。

既而为诗，以乱其末[29]：

土木其形，窃吾民之酒牲，固无以名[30]；土木其智[31]，窃吾君之禄位，如何可仪[32]！禄位颀颀[33]，酒牲甚微，神之飨也[34]，孰云其非？视吾之碑，知斯文之孔悲[35]。

㉕ 大夫之忧：即国家面临危难，大夫应以国事为念。 ㉖ 佪挠：昏乱。脆怯：懦怯。 ㉗ 颠踬(zhì)：跌倒。窜踣(bó)：逃窜倒毙。 ㉘ 缨：冠带。弁(biàn)：官帽。 ㉙ 乱：古代乐曲的最后一章。 ㉚ 固无以名：本来就没有什么名堂(即名不正、不合理)。 ㉛ 土木其智：智慧如土木偶像者，指官吏。 ㉜ 仪：仪法、榜样。 ㉝ 颀颀(qí)：高，长，引申为优厚。 ㉞ 飨(xiǎng)：享受祭品。 ㉟ 孔：很、甚。

(蒋维崧)

罗隐(833—909) 唐文学家。原名横,字昭谏,号江东生。杭州新城(今浙江富阳西南)人。曾十次应试进士不第,改名隐,历游各地。僖宗光启三年(887),投奔钱镠,颇受器重。官至盐铁发运副使。其诗长于咏史,讥讽时事,所作文,多抗争和愤激之谈。有《罗隐集》。

英雄之言①

【题解】

本文推衍《庄子·胠箧》"窃钩者诛,窃国者侯"之说,借刘、项之口,揭露了那些"窃国"英雄,以"拯救百姓"的名义,实现个人野心的可耻嘴脸。文章以"盗"字贯穿始终,从凡物皆知防盗起笔,至奢靡者终为人所盗作结,文字简洁,笔锋犀利。

物之所以有韬晦者②,防乎盗也③。故人亦然。夫盗亦人也,冠屦焉,衣服焉。其所以异者,退逊之心,正廉之节,不常其性耳④。视玉帛而取之者,则曰牵于寒饿⑤;视家国而取之者⑥,则曰救彼涂炭⑦。牵于寒饿者,无得而言矣。救彼涂炭者,则宜以百姓心为心。而西刘则曰⑧:"居宜如是⑨。"楚籍则曰⑩:"可取而

① 选自《罗隐集》。② 物:生物。韬晦:隐匿声迹,指生物隐蔽自己的本能。③ 盗:指加害于身的外敌。④ 不常其性:不能长久保持这种品性。⑤ 牵:牵累。⑥ 家国:即国家。⑦ 涂炭:污泥和炭火,喻困苦的境地。⑧ 西刘:西汉高祖刘邦。⑨ 居宜如是:据《史记·高祖本纪》,刘邦为泗水亭长时,于京城咸阳见秦始皇出游,叹息道:"大丈夫当如此也。"⑩ 楚籍:西

代[11]。"意彼未必无退逊之心，正廉之节，盖以视其靡曼骄崇，然后生其谋耳[12]。为英雄者犹若是，况常人乎？是以峻宇逸游，不为人所窥者[13]，鲜也。

楚霸王项羽，名籍。⑪ 可取而代：据《史记·项羽本纪》，秦始皇巡游会稽，项羽见到后说："彼可取而代也。"⑫ 谋：图谋。⑬ 窥：窥伺，即暗算。

（蒋维崧）

越 妇 言[1]

【题解】

西汉朱买臣早年家贫，但好读书，不事生计，其妻不能忍受，就离开了他。后来买臣衣锦还乡，将其妻接到官署，过了一个月，其妻自杀。此事常被后人用以嘲弄那些艳富羞贫之人。但罗隐却借题发挥，独出新意，借买臣妻之口，揭露了那些心口不一，尸位素餐，唯知以富贵骄人的官僚的虚伪本质，谴责辛辣，寓意深刻。

买臣之贵也[2]，不忍其去妻[3]，筑室以居之，分衣食以活之，亦仁者之心也。

① 选自《罗隐集》。会稽旧属越地，越妇即朱买臣妻。② 买臣：朱买臣，字翁子。吴郡（今江苏苏州）人。③ 去妻：前妻。

一旦[4]，去妻言于买臣之近侍曰："吾秉箕帚于翁子左右者有年矣[5]。每念饥寒勤苦时节，见翁子之志，何尝不言：'通达后，以匡国致君为己任，以安民济物为心期[6]。'而吾不幸离翁子左右者亦有年矣，翁子果通达矣。天子疏爵以命之[7]，衣锦以昼之[8]，斯亦极矣。而向所言者，蔑然无闻[9]，岂四方无事使之然邪？岂急于富贵未假度者邪[10]？以吾观之：矜于一妇人则可矣[11]，其他未之见也，又安可食其食！"乃闭气而死[12]。

---

④ 一旦：一天。 ⑤ 秉箕帚：拿着扫帚、簸箕，指洒扫庭除之事，为妻子的代称。有年：多年。 ⑥ 心期：志愿，理想。 ⑦ 疏爵：分予爵禄。 ⑧ 衣锦以昼之：即衣锦还乡。昼之：使之昼行，夸耀尊荣。《汉书·朱买臣传》："上（汉武帝）拜买臣会稽太守。上谓买臣曰：'富贵不归故乡，如衣绣夜行'。" ⑨ 蔑（miè）然：泯灭、消失的样子。 ⑩ 未假度：来不及考虑。假：同"暇"。 ⑪ 矜（jīn）：自我夸耀。 ⑫ 闭气：窒息，即自缢。

（蒋维崧）

杨夔(生卒年不详)　袁州(治今江西宜春)人。昭宗时,寓居乌程(今浙江湖州)。后往依宣州田頵、歙州陶雅。五代后梁开平二年(908)尚在世。有集五卷,已佚。今存诗十二首、文二十二篇。

较　贪[①]

【题解】

“苛政猛于虎”自孔子提出后,一直是为人关注的题目。本文虚构了一个老虎与人对话的梦境,抨击黠吏贪官的凶暴。人们常说豺狼死而犹饿,牛腹尸而不盈,但作者得出的结论则是:人受本性驱使,贪婪远较野兽为甚!一物一货,皆为目标,汲汲孜孜,从无满足。只是作者将人向自然界的不断索取混同于贪官的横征暴敛,两种不同性质的不满足同被视为人贪婪本性的表现,这是应当有所区分的。当然作者愤激之言,意有所属,不可苛求。

宏农子游下山之阴[②],遇乡叟,巾不完,履不全,负薪仰天,吁而复号。因就讯诸[③]:“抑有丧而未备乎[④]?抑有冤而莫诉乎?何声之哀而情之苦耶!”叟致薪而泣曰[⑤]:“逋助军之赋[⑥],男狱于县[⑦],绝粮

① 选自《全唐文》。较:比较。 ② 宏农子:即弘农子。杨夔自称。东汉名臣杨震是弘农人,因此杨姓以弘农为郡望。下山:山名,在今浙江吴兴西北。阴:山的北面。 ③ 诸:通“之”。 ④ 抑(yì):抑或,还是。有丧未备:人死而未能备棺成殓。 ⑤ 致:归还,这里是放下的意思。 ⑥ 逋(bū):拖欠。 ⑦ 男:儿子。

者三日矣，今将省之[8]。前日之逋，已货其耕犊矣[9]；昨日之逋，又质其少女矣[10]。今田瘠而贫，播之莫稔[11]，货之靡售[12]。且以为助军之赋，岂一一于军哉。今十未有二三及于戎费，余悉为外用。又黠吏贪官，盈缩万变。去无所之，往无所资。非敢怀生，奈不死何[13]？”宏农子闻其言，且助其叹，退而省于世[14]：万类中最为民害者，莫若虎之暴，将赋之以警贪吏[15]，庶少救民病[16]。

是夕，梦鸷兽而人言曰[17]：“尔欲警于贪，将以吾为首。虽尔之洁，奈辱我之甚乎！”余曰：“贼人之畜[18]，以自饱腹，尔不为贪哉？”兽曰：“不豢不农[19]，何以给生[20]？苟不捕野[21]，无实吾嗛[22]。吾以其饥而求食之，苟或一饱，则晏然匿迹[23]，不为谋矣。岂尔曹智以役物[24]，豢之畜之，畋之渔之[25]，以给其茹也[26]。桑之育之[27]，经之营之[28]，以供其用也。一物之可求，一货之可图，汲汲为谋，孜孜系心，如壑如溪，莫满莫盈。岂与吾获一饱则晏然熟寝，而欲比方哉？”宏农子惊而寤，谛而思[29]。若然[30]，则人不如兽也远矣。

---

⑧ 省（xǐng）：探望。⑨ 货：卖出。⑩ 质：抵押，以人为质。⑪ 稔（rěn）：成熟。⑫ 靡售：卖不出去。⑬ 奈不死何：不死，有什么办法。⑭ 省（xǐng）：反省。⑮ 赋：铺叙其事。⑯ 庶：庶几，也许可以。⑰ 鸷（zhì）兽：指虎。⑱ 贼：伤害。⑲ 不豢不农：不养牲畜，不耕农田。⑳ 给生：维持生命。㉑ 野：野物。㉒ 嗛（qiàn）：此指兽的嘴。㉓ 晏然：安适。㉔ 尔曹：你们。指人类。役物：驱使万物。㉕ 畋（tián）：打猎。㉖ 茹：吃。㉗ 桑之：喂以桑，指养蚕。㉘ 经之营之：建筑营造。㉙ 谛：仔细。㉚ 若然：这样的话。

（蒋维崧）

图书在版编目(CIP)数据

唐五代文观止 /《唐五代文观止》编委会编. —上海:学林出版社,2015.9

(中华传统文化观止丛书)

ISBN 978-7-5486-0908-7

Ⅰ.①唐… Ⅱ.①唐… Ⅲ.①古典文学—散文集—中国—唐代②古典散文—散文集—中国—五代(907~960) Ⅳ.①I264

中国版本图书馆 CIP 数据核字(2015)第 158443 号

唐五代文观止

编　　者—— 本书编委会
责任编辑—— 许钧伟　薛　莹
封面设计—— 周剑峰

出　　版—— 上海世纪出版股份有限公司 学林出版社
地　址:上海市钦州南路 81 号　电话/传真:021-64515005
网　址:www.xuelinpress.com
发　　行—— 上海世纪出版股份有限公司发行中心
地　址:上海市福建中路 193 号　网　址:www.ewen.co
印　　刷—— 上海展强印刷有限公司
开　　本—— 710×1020　1/16
印　　张—— 11.25
字　　数—— 12 万
版　　次—— 2015 年 9 月第 1 版
印　　次—— 2015 年 9 月第 1 次印刷
书　　号—— ISBN 978-7-5486-0908-7/I.122
定　　价—— 40.00 元